らくがき☆ポリス②

キミのとなりにいたいから！

まひる・作
立樹《たちき》まや・絵

角川つばさ文庫

もくじ

人《じん》物《ぶつ》紹《しょう》介《かい》

赤《あか》城《ぎ》絵《え》美《み》

マンガが大《だい》好《す》きな、ごくふつうの中学《ちゅうがく》1年生《ねんせい》。お父《とう》さんが有名画家《ゆうめいがか》であることが悩《なや》みのタネ。

アーティ・ロマン

エミのクロッキー帳《ちょう》の中《なか》にあらわれた『理想《りそう》のカレシ』。美術警察官《びじゅつけいさつかん》としての使命感《しめいかん》に燃《も》える。

柚《ゆず》木《き》青《あお》衣《い》

エミの幼《おさな》なじみで、もう1人《ひとり》の親友《しんゆう》。しっかり者《もの》の美少女《びしょうじょ》。

羽《う》野《の》黄《き》良《ら》々《ら》

エミの親友《しんゆう》の1人《ひとり》。口《くち》の悪《わる》いギャルだけど、いい子《こ》！

西《にし》野《の》洋《よう》司《じ》

エミたちの美術部《びじゅつぶ》の顧問《こもん》の先生《せんせい》。イケメンだけど、自称《じしょう》「乙女《おとめ》」。

アーティ・バロック

ロマンのお父《とう》さんで、美術警察長官《びじゅつけいさつちょうかん》。息子《むすこ》に対《たい》して手厳《てきび》しい。

わたしエミ。

マンガが大好《だいす》きな、ごくフツーの女《おんな》の子《こ》…だけど
じつは、らくがきした絵《え》が動《うご》きだすっていう、
ちょっとふしぎな能力《のうりょく》を持《も》ってるんだ。
（わたしみたいな能力者《のうりょくしゃ》のことを
「ユニベルサーレ」って言《い》うんだって！）
その力《ちから》を生《い》かして、美術警察《びじゅつけいさつ》のメンバーになったの。
（美術《びじゅつ》の安全《あんぜん》、治安《ちあん》を守《まも》るために世界中《せかいじゅう》で活動《かつどう》してる
警察《けいさつ》の極秘《ごくひ》機関《きかん》なんだ！）
「理想《りそう》のカレシ」ロマンのパートナーになれたのはうれしいし、
いつか、ロマンが自分《じぶん》の身体《からだ》をとりもどして
ふつうの男《おとこ》の子《こ》にもどるため助《たす》けになりたいんだけど…!?

蓮見裕樹《はすみゆうき》

美術部《びじゅつぶ》の2年生《ねんせい》（幽霊部員《ゆうれいぶいん》）。美術警察《びじゅつけいさつ》では資《し》料班《りょうはん》に所属《しょぞく》している。

1 力《ちから》になりたいのに

ワンワンワンッ！

美術館《びじゅつかん》に、イヌのほえる声《こえ》がひびいた。

「……っ！　すまない、エミ！　のがした！」

「大丈夫《だいじょうぶ》！　こっちに、まかせて！」

そう言《い》って、わたしは壁《かべ》を走《はし》る『イヌの絵《え》』を追《お》いかけた。

2匹《ひき》の子《こ》イヌのふっくらしたしっぽが、走《はし》るたびにゆれている。

じつはこれ、壁《かべ》にイヌの映像《えいぞう》が映《うつ》ってるわけじゃない。

正真正銘《しょうしんしょうめい》『絵《え》』が走《はし》っているのだ。

絵《え》が動《うご》く、なんておかしな光景《こうけい》、ふつうの人《ひと》だったら自分《じぶん》の目《め》をうたがうと思《おも》う。

わたしも初《はじ》めて見《み》たときは信《しん》じられなかったもん。

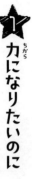

「よしっ！　追《お》いついたっ」

壁《かべ》を走《はし》るイヌにむかって、わたしはいきおいよく飛《と》びこんだ。


ゴチン！


そのまま、壁《かべ》に正面衝突《しょうめんしょうとつ》。

「――っ、いたたた」

「エミ……またやってるのか」

すぐそばから、あきれた声《こえ》がかかる。

声《こえ》のほうを見《み》ると、壁《かべ》には少年《しょうねん》の絵《え》があった。

明《あか》るい髪色《かみいろ》に、いたずらなくせっ毛《け》。ペリドットの宝石《ほうせき》みたいな瞳《ひとみ》がこちらを見《み》てる。

まさに、わたしの『**理想《りそう》のカレシ**』って、感《かん》じの見《み》た目《め》。

「ロマンッ！」

「エミは、オレみたいに身体《からだ》が『絵《え》』になってるわけじゃないんだから。そうやって飛《と》びかかってもつかまえられないだろ？」

少年《しょうねん》の絵《え》――ロマンが、苦笑《くしょう》する。

「そ、そうでした……ごめん」

「つかまえるのは、パートナーのオレにまかせろよ！」

落《お》ちこむわたしを、ロマンは笑顔《えがお》で元気《げんき》づける。

それは、キラッとかがやく、おひさまみたいな笑顔《えがお》だった。


「――以上《いじょう》で、絵《え》の中《なか》から逃《に》げだした迷《まよ》いイヌの回収《かいしゅう》は終《お》わりました！」

厚手《あつで》のスーツを着《き》た、捜査官《そうさかん》のお兄《にい》さんがそう言《い》った。

お兄《にい》さんが敬礼《けいれい》をすると、胸《むね》についてる金色《きんいろ》のバッジがピカッと光《ひか》る。

「ごくろうさまです！　アーティ・ロマン巡査《じゅんさ》。それと……」

捜査官《そうさかん》のお兄《にい》さんは、言葉《ことば》をつまらせてわたしを見《み》る。

「エミです。赤城絵美《あかぎえみ》です」

わたしは自分《じぶん》の名前《なまえ》を名乗《なの》った。

めだたない外見《がいけん》だし。

これといった活躍《かつやく》もなし。

ロマンとちがって、名前《なまえ》すら覚《おぼ》えてもらってないんだろうなぁ。

「そ、そうでした。失礼《しつれい》いたしました、赤城絵美巡査《あかぎえみじゅんさ》。それでは！」

それだけ言《い》うと、気《き》まずそうに捜査官《そうさかん》のお兄《にい》さんは去《さ》っていった。

お兄《にい》さんのうでに、大《おお》きな額縁《がくぶち》がかかえられている。

額縁《がくぶち》には、わたしたちがさっきつかまえたイヌの絵《え》がおさまっていた。

絵《え》の中《なか》の白《しろ》と黒《くろ》の２匹《ひき》の子《こ》イヌが、まるい体《からだ》をよせあいじゃれてる。

ふかふかの毛《け》なみ……わたしも、さわれたらよかったのに。

「あのワンちゃん、どこにつれていかれるんだろう」

わたしの疑問《ぎもん》に、ロマンが答《こた》えてくれる。

「どこって。絵《え》からぬけだしたんだから、もといた絵《え》の中《なか》にもどすんだろ」

「それは、そうなんだけど。かわいかったなぁ、と思《おも》って……」

――美術館内《びじゅつかんない》を走《はし》りまわる２匹《ひき》のイヌの絵《え》を、至急《しきゅう》つかまえろ！

そう指令《しれい》を受《う》けて、いそいでやってきたわたしたち。

事件《じけん》があった美術品《びじゅつひん》のタイトルすら聞《き》いてないんだよね。

「……あのまるっとした体《からだ》つき、しんなりたれた耳《みみ》、素朴《そぼく》な目《め》、そして黒《くろ》と白《しろ》のあわい色《いろ》づかい……たぶんあのイヌは、**中村芳中**《なかむらほうちゅう》によって描《か》かれた『**仔犬**《こいぬ》』という作品《さくひん》だと思《おも》うぞ」

わたしの心《こころ》の内《うち》を読《よ》んだようにロマンが説明《せつめい》してくれる。

あいかわらず、ロマンの美術《びじゅつ》に関《かん》する知識《ちしき》はすごい。

絵《え》の中《なか》になにが描《か》かれてるか、ことこまかに特徴《とくちょう》を覚《おぼ》えている。

「ロマンはすごいね。美術《びじゅつ》のことくわしいし、今日《きょう》だって大活躍《だいかつやく》だったし」

わたしは、おでこをさする。壁《かべ》にぶつけたところが、まだヒリヒリしていた。

「なんか……わたし、いつもロマンに助《たす》けてもらってる気《き》がするよ」

世間《せけん》では知《し》られてないけれど、『美術《びじゅつ》の事件《じけん》』は世界中《せかいじゅう》でおこっている。

そんな、いっぷう変《か》わった美術《びじゅつ》の事件《じけん》を解決《かいけつ》するのが、**美術警察《びじゅつけいさつ》**〈**ART**《アート》〉。

わたし、赤城絵美《あかぎえみ》は、まだまだひよっこ新人捜査官《しんじんそうさかん》だ。

「なに、しょぼくれた顔《かお》してるんだよ」

「え！　わたし、そんな顔《かお》してる!?」

あわてて両手《りょうて》で顔《かお》をさわると、わたしの様子《ようす》を見《み》て、ロマンが笑《わら》った。

「そんな顔《かお》より、エミは笑顔《えがお》のほうがにあってるぞ！」

今日《きょう》は、たくさん動《うご》いたから、つかれちゃった。

家《いえ》に帰《かえ》って、ふかふかのお布団《ふとん》にうずもれる。

うーっ、このまま3秒《びょう》で眠《ねむ》れそう。

お父《とう》さんにもらったクロッキー帳《ちょう》をひらくと、そこにはロマンがいる。

ここが、ロマンの定位置《ていいち》。わたしとロマンが、初《はじ》めて出会《であ》った場所《ばしょ》だ。

「あっ、そうかっ！　ロマンもつかれてるよね⁉」

自分《じぶん》のことばかりで気《き》がつかなかった。

わたしはエンピツをとりだして、クロッキー帳《ちょう》の空《あ》いてるスペースに『ソファ』を描《か》いた。

「いままで気《き》づかなくて、ごめんね。どうかな？」

ロマンは、さっそく腰《こし》をおろす。

「おおっ、ふかふかだ！　ありがとう、エミ」

描《か》いたものが、実際《じっさい》にそこにあるかのように、絵《え》の中《なか》ではたらく能力《のうりょく》。

こういう、美術《びじゅつ》に関《かん》するふしぎな能力《のうりょく》を持《も》つ者《もの》は「ユニベルサーレ」と呼《よ》ばれている。

「そうだ。今日《きょう》いっぱい動《うご》いたから、なにか食《た》べたほうがいいんじゃない？ ロマンの夕《ゆう》ごはん描《か》くよ！」

「いいよ。オレの身体《からだ》、べつに空腹《くうふく》にならないし」

そうだった。ロマンの身体《からだ》は『絵《え》』だから、おなかがへらないんだ。

「エミのほうこそ、ゆっくり休《やす》めよ」

わたしの言《い》ったことを、ロマンは気《き》にする様子《ようす》もない。

……ロマンは、本当《ほんとう》はふつうの男《おとこ》の子《こ》なんだ。

でも、捜査《そうさ》の途中《とちゅう》で身体《からだ》を絵《え》にされてしまったんだって。

そんな目《め》にあったら、ぜったい不安《ふあん》なのに。

「絵《え》の中《なか》を自由《じゆう》に動《うご》けるなんて、美術警察《びじゅつけいさつ》の捜査《そうさ》に助《たす》かる！」

って、ロマンはケロッとしてる。

いつも前向《まえむ》きでまっすぐで、強《つよ》い心《こころ》をもっている。

ときには、わたしのことを助《たす》けてくれて、やさしくはげましてくれる。

わたしには、ときどきロマンがまぶしい太陽《たいよう》みたいに見《み》えるんだ。

……ロマンに、つりあうようなパートナーになれたらいいのになぁ。

★2 宿題《しゅくだい》から大《だい》ピンチ!?

「やっぱり、わたし……。このままじゃ、ダメだ……」

「エミちー、なにがダメだって?」

友達《ともだち》のキララ――羽野黄良々《うのきらら》が、わたしの顔《かお》をのぞきこむ。

「ひぇ! あっ……」

やばい、声《こえ》に出《で》てた!

「勉強《べんきょう》のことでしょう? エミ」

幼《おさな》なじみの、あおい――柚木青衣《ゆずきあおい》が、わたしを見《み》る。

「わかるわ。中学生《ちゅうがくせい》になって、急《きゅう》に勉強《べんきょう》がむずかしくなったもの」

こまった表情《ひょうじょう》を見《み》せる、あおい。

長《なが》い黒髪《くろかみ》がサラサラなびく姿《すがた》は、まさに美少女《びしょうじょ》だ。

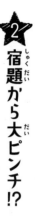

「そ、そうだね。たしかに、最近《さいきん》の授業《じゅぎょう》ちょっとむずかしいよね」

「うん、うん。だよなーっ」とキララも、しきりにうなずく。

わたしとキララとあおいは、３人《にん》とも美術部員《びじゅつぶいん》。

でも、美術部《びじゅつぶ》と言《い》っても名《な》ばかり。

活動内容《かつどうないよう》は、好《す》きなマンガを持《も》ちより、美術室《びじゅつしつ》で自由《じゆう》にすごしているだけなのだ。

「あたしなんて、先週《せんしゅう》も勉強《べんきょう》のことで呼《よ》びだされたんだぜ。やんなっちゃうよ」

「ええっ!?　キララ、昨日《きのう》も呼《よ》びだされてなかった？」

「昨日《きのう》は髪《かみ》のこと。ちょっと盛《も》りすぎだって、生徒指導室《せいとしどうしつ》に呼《よ》ばれたの」

ふんっ、と怒《おこ》るキララ。怒《おこ》っていても、その姿《すがた》は名前《なまえ》のとおりキラキラしてる。

美少女《びしょうじょ》のあおいに、ギャル風《ふう》のキララ、平凡《へいぼん》なわたし。

ぜんぜんタイプがちがうのに、３人《にん》とも『マンガ好《ず》き』って共通点《きょうつうてん》で仲《なか》よくなれた。

３人《にん》ですごす時間《じかん》はとっても楽《たの》しくて、わたしたちはほぼ毎日《まいにち》、美術室《びじゅつしつ》にいるのだ。

「キララ、呼《よ》びだされたって、こないだの宿題《しゅくだい》のこと？」

あおいがじっとりにらむと、キララが気《き》まずそうに目《め》をそらした。

「あー、うん。……あおちー、あのときのことは、マジでごめんって」

「？　……2人《ふたり》とも、なにかあったの？」

わたしがたずねると、あおいがため息《いき》まじりに答《こた》える。

「こないだ国語《こくご》の授業《じゅぎょう》で、作文《さくぶん》の宿題《しゅくだい》が出《で》たでしょう？　キララったら、私《わたし》の宿題《しゅくだい》を丸写《まるうつ》しして提出《ていしゅつ》したのよ」

「ま、丸写《まるうつ》し⁉」

「いやー、ちがうクラスの子《こ》のならバレないかなって」

のん気《き》なキララ。そりゃ、バレるでしょ！　作文《さくぶん》って、他人《たにん》と同《おな》じにはならないんだから。

「写《うつ》したのはどっちだって、私《わたし》まで生徒指導室《せいとしどうしつ》に呼《よ》ばれたのよ！」

あおいが、ややヒステリックな声《こえ》をあげる。

「でも、誤解《ごかい》はとけたんでしょ」

「だけどはずかしいじゃない。私《わたし》、呼《よ》びだしをうけたことなんてなかったのに……」

すると、美術室《びじゅつしつ》の扉《とびら》がひらいた。

「ハアイ！　アンタたち、今日《きょう》こそは美術部《びじゅつぶ》らしい活動《かつどう》をして……る様子《ようす》はないわネェ」

「西野先生《にしのせんせい》！」

やってきたのは美術部《びじゅつぶ》の顧問《こもん》、西野洋司先生《にしのようじせんせい》だ。

「モ〜ッ！　アンタたちが美術室《びじゅつしつ》でマンガばっかり読《よ》んでること、ほかの先生《せんせい》にバレそうなのヨ！　怒《おこ》られるのは、顧問《こもん》のアタシなんだからネ？　気《き》をつけてチョーダイ！」

西野先生《にしのせんせい》は、細身《ほそみ》でスラッとしている。

うちの中学《ちゅうがく》で一番若《いちばんわか》くてかっこいい男《おとこ》の先生《せんせい》だ。

……見《み》た目《め》だけならね。

「んなこと言《い》っても。ヨージだって、いつもうちらとマンガ読《よ》んでるじゃん〜」

キララが抗議《こうぎ》をすると、西野先生《にしのせんせい》の目《め》がキッとするどくなった。

「ヨージじゃなくてヨーコちゃんって呼《よ》びなさいって言《い》ってるでしょうが！　アンタ、乙女《おとめ》に対《たい》する気《き》づかいが足《た》りないわヨ!!　あおいを見《み》ならいなさい！」

「え〜、そんな……先生《せんせい》にほめてもらうようなことは、なにも〜……」

あおいの顔《かお》は、いかにも『うれしいです！』ってかんじ。

ひそかに、西野先生《にしのせんせい》に片思《かたおも》いしているあおい。

先生《せんせい》といるときは、クールな美少女《びしょうじょ》の仮面《かめん》がボロッとはがれるんだ。

「でも、本当《ほんとう》にこまってるのヨ。もしほかの先生《せんせい》がたにバレたら、廃部確定《はいぶかくてい》だワ」

「ええっ！　廃部《はいぶ》なんてイヤです！」

「それなら、宿題《しゅくだい》をやってもらうわネ☆」

「へ？」

わたしたちは、キョトンとした。

「廃部《はいぶ》をのがれたいなら、美術部《びじゅつぶ》が活動《かつどう》してるところをアピールしなくちゃ。これから写生《しゃせい》の宿題《しゅくだい》を出《だ》すから、来週《らいしゅう》の月曜日《げつようび》に提出《ていしゅつ》ヨ！」

「えぇーっ！　美術部《びじゅつぶ》には、うちらしかいないんだから、好《す》き勝手《かって》したっていーじゃん！」

「キララ、いないんじゃなくて、きてないだけなのよ」

あおいが冷静《れいせい》にキララの訂正《ていせい》をする。

「在籍《ざいせき》してるだけで幽霊部員《ゆうれいぶいん》ばっかり……でしたっけ？」

わたしは、先生《せんせい》に確認《かくにん》した。

「ザンネンだけど、そういうことネ。ようするに、いまここにいるアンタたちしか美術部《びじゅつぶ》の活動《かつどう》をアピールできる人間《にんげん》はいないわけヨ！」

そう言《い》うと、西野先生《にしのせんせい》は美術準備室《びじゅつじゅんびしつ》から画用紙《がようし》と画板《がばん》を持《も》ってきた。

「ったく。なんで、写生《しゃせい》なんかしなくちゃいけねーんだよ」

「キララ、それは美術部《びじゅつぶ》だからだと思《おも》うけど……」

「アンタたちには、好《す》きな景色《けしき》を選《えら》んで描《か》いてもらうワ。言《い》っておくけど、まねっこはダメよ。なにを描《か》くかの画題選《がだいえら》びも、作品《さくひん》の良《よ》し悪《あ》しを左右《さゆう》する重要《じゅうよう》な課題《かだい》なんだから！　とくにキララ！」

先生《せんせい》がタカのようにキララを見《み》る。

「な、なんであたしにばっかり？」

「あら、このヨーコ先生《せんせい》が知《し》らないと思《おも》って？　アンタ、あおいの宿題《しゅくだい》を丸写《まるうつ》ししたでしょう」

「し、知《し》ってたんですか⁉」

おどろきのあまり、あおいの声《こえ》がひっくり返《かえ》る。

「そろって同《おな》じ内容《ないよう》だったから、どっちが写《うつ》したか確認《かくにん》するため、２人《ふたり》とも生徒指導室《せいとしどうしつ》に呼《よ》んだ、って聞《き》いたわ。まぁ、その様子《ようす》だと、やっぱりキララみたいだけど」

「私《わたし》が呼《よ》びだしされたの……知《し》られてたなんて……」

あおいはうつむいて、体《からだ》をふるわせてる。

ふだん、なんでもそつなくこなせるから、好《す》きな人《ひと》に呼《よ》びだしがバレたのが、そうとう恥《は》ずかしいみたいだった。

「やっぱり、ってなんだよ、ヨージ！　あたしだって、本気《ほんき》出《だ》せば宿題《しゅくだい》くらい1人《ひとり》でできるぜ？」

気合《きあ》いまんまんで、立《た》ちあがるキララ。

「キララ……そもそも宿題《しゅくだい》は1人《ひとり》でやるものなんだけど……」

わたしのツッコミが聞《き》こえてないのか、ピッ、と親指《おやゆび》を立《た》てる。

「いいぜ！　今回《こんかい》は、あたしのパーフェクトな宿題《しゅくだい》見《み》せてやるよ！」

「まあ、たのもしいわネ。それじゃあ、さっそく描《か》く場所《ばしょ》を決《き》めにいってきなさい！　画板《がばん》は貸《か》しだしといてあげるから。ほらっ、3人《にん》とも解散《かいさん》！」

先生《せんせい》は「しっしっ」と手《て》で追《お》いやるようなしぐさをする。

わたしたちは、机《つくえ》の上《うえ》にひろげたマンガをカバンの中《なか》に片《かた》づけはじめた。

「あっ！　マンガは出《だ》しっぱなしでいいのヨ♡」

「…………先生《せんせい》……」


美術室《びじゅつしつ》をあとにして、わたしたち3人《にん》は校門《こうもん》を出《で》た。

「……なにがなんでも汚名返上《おめいへんじょう》しなきゃ。……汚名返上《おめいへんじょう》よっ！」

「ぜってー！　最高《さいこう》ケッサク描《か》いてやるんだから、見《み》てろよぉ……」

やる気《き》十分《じゅうぶん》のあおいとキララ。

「おたがい、いい場所《ばしょ》が見《み》つかるといいね」

わたしたちは、それぞれべつの方角《ほうがく》に歩《ある》きはじめた。

『まねっこはダメ』って言《い》われたから、3人《にん》ともべつの画題《がだい》で描《か》くのだ。

人《ひと》のすくない道《みち》だったので、わたしはクロッキー帳《ちょう》をひらいた。

「エミ、絵《え》を描《か》きにいくのか」

クロッキー帳《ちょう》の中《なか》から、ロマンがたずねる。

「気《き》をつけるんだぞ！　うっかりユニベルサーレの力《ちから》なんか使《つか》ったら、エミの絵《え》が動《うご》きだしておおさわぎ、ってことになりかねないからな！」

「わ、わかってるよ！」

美術警察《びじゅつけいさつ》のことは、みんなにはヒミツにしている。

わたしの能力《のうりょく》や事件《じけん》のことを知《し》ったら、みんな混乱《こんらん》しちゃうからね。

「ちなみに、どこで描《か》くか、あてはあるのか？」

「うん。絵《え》に描《か》いたら、きっときれいだと思《おも》うところが1カ所《しょ》あるんだ」

どうせなら、いい場《ば》所《しょ》で描《か》きたいもんね。


わたしとロマンは、近所《きんじょ》の川原《かわら》にたどりついた。

学校《がっこう》から歩《ある》いて10数分《すうふん》。

ロマンのために、クロッキー帳《ちょう》を大《おお》きくひろげて、景《け》色《しき》を見《み》せてあげる。

「ここ！　いいかんじでしょ」

すきとおった川《かわ》、いきいきした芝《しば》生《ふ》に、手《て》入《い》れされた木《き》。

高《たか》い建物《たてもの》も近《ちか》くにないから、空《そら》が広《ひろ》く見《み》える。

「お父《とう》さんがね、ここは絵《え》を描《か》くのにいい場《ば》所《しょ》だって、こないだ言《い》ってたの」

わたしのお父《とう》さんは油彩画家《ゆさいがか》。

口《くち》を開《ひら》けば美術《びじゅつ》の話《はなし》ばかりで、以前《いぜん》は、それが苦手《にがて》だった。

でも、ロマンと美術警察《びじゅつけいさつ》をするようになって、わたしは、ちょっぴり美術《びじゅつ》に興味《きょうみ》を持《も》った。

最近《さいきん》は、すこしずつだけど、お父《とう》さんの美術語《びじゅつがた》りも聞《き》いてあげるようになったんだ。

ロマンは景《け》色《しき》を見《み》わたして、ふかくうなずいた。

「なるほど。たしかに、この場所《ばしょ》はいいな」

「エミちー？」

そのとたん、うしろから声《こえ》をかけられ、わたしは、あわててクロッキー帳《ちょう》を閉《と》じた。

「やっ！　あ？　キ、キララ⁉」

ふりかえると、画板《がばん》を手《て》にしたキララが立《た》っていた。

「エミちーひとり？　なんかいま、男子《だんし》の声《こえ》が聞《き》こえなかった？」

「えっ、なっ、なにも！　なにも聞《き》こえなかったけど⁉」

わたしは、あわててごまかす。

「ふーん。気《き》のせいか」

ガサガサッ

今度《こんど》は、草《くさ》をかきわける音《おと》が聞《き》こえる。

「あら？　エミと……キララも？」

草《くさ》かげから姿《すがた》をあらわしたのは、あおいだった。

「あおいも？　なんでみんなここに……」

はっ！　そうか。

2人《ふたり》も、ここが絵《え》の題材《だいざい》にいい場所《ばしょ》だって気《き》づいたのか！

でも同《おな》じ題材《だいざい》で描《か》くのはダメって、先生《せんせい》は言《い》っていた。

……ここは、2人《ふたり》のどちらかにゆずろう。

「あはは｜。描《か》きたい場所《ばしょ》かぶっちゃったね。じゃあ、わたしはべつの場所《ばしょ》で描《か》くから、2人《ふたり》はジャンケンでもして決《き》めて……」

「「ジャンケン⁉」」

キララとあおいが同時《どうじ》に声《こえ》をあげる。

「えっ！　ジ、ジャンケンがいやだったら、くじびきでも、あみだでもなんでもいいけど……2人《ふたり》のやりたいように決《き》めて……」

そろりそろりと、その場《ば》を去《さ》ろうとするわたしに、2人《ふたり》はつめよった。

「ちょっと、エミちー。あたしのほうが先《さき》についたのに、なんでジャンケンしなきゃいけないのさ。ここは、あたしの場所《ばしょ》だろ？」

キララがむすっと言《い》う。

「なに言《い》ってるのよ、キララ。あなたの理論《りろん》で言《い》えば、先《さき》にここについたのは私《わたし》なんだから、私《わたし》の場所《ばしょ》ってことになるわ」

あおいも負《ま》けじと強気《つよき》だ。

「ハァ⁉　あおちー、あとからきたじゃん！」

「先《さき》に着《つ》いて場所《ばしょ》を見《み》さだめてたら、落《お》としたエンピツが、ころがっていっちゃったの。いま、とりにいってたのよ」

2人《ふたり》は、じっとおたがいをにらみあう。

「あ、あの、キララも、あおいも……おちついて話《はな》そう？」

「人《ひと》のまねは禁止《きんし》って言《い》われたのに……。キララ、今回《こんかい》は自分《じぶん》の力《ちから》で宿題《しゅくだい》をやるんじゃなかったの？」

「自力《じりき》でやるし！　しれっと人《ひと》の場所《ばしょ》をとろうとする人《ひと》に言《い》われたくないし！」

やばい……なんか険悪《けんあく》なムードだ。

「もとはと言《い》えば、国語《こくご》の宿題《しゅくだい》をキララが丸写《まるうつ》ししたから……はぁ……、西野先生《にしのせんせい》まで呼《よ》びだされたの知《し》ってたわ」

「あおちーがイヤなのは、呼《よ》びだされたことじゃなくて、ヨージに知《し》られたことだろ？　あおちーが勝手《かって》にヨージのこと好《す》きなだけなんだから、あたし関係《かんけい》ねーじゃん」

「なっ！　先生《せんせい》の話《はなし》は関係《かんけい》ないでしょ⁉」

「あおちーからしてきたんだろ⁉」

ちょっと、ちょっと、2人《ふたり》とも白熱《はくねつ》しすぎ！

「エミちー！」「エミ！」

ハイィ⁉」

「「どっちが先《さき》に着《つ》いてたと思《おも》う⁉」」

そ、そんなこと聞《き》かれても〜〜！

「や……やっぱり、ここは穏便《おんびん》にジャンケンが一番《いちばん》かと……」

「「ジャンケン⁉」」

「……な、なんでもないです」

ど、どうしよう〜〜！

3 友達《ともだち》が、いない？

それから2人《ふたり》は、しばらく川原《かわら》で言《い》いあっていた。

気《き》がついたときには、日《ひ》がしずんで外《そと》はまっ暗《くら》。

「どうせ今日《きょう》はもう描《か》けないから」

ということで、結局《けっきょく》なにも決《き》まらないまま、その場《ば》で解散《かいさん》した。


「うぅ……こまったよぉ」

部屋《へや》のすみで、わたしは頭《あたま》をかかえていた。

わたしたちの間《あいだ》でケンカがおきるなんて、思《おも》ってもみなかった。

2人《ふたり》のケンカにつきあってたから、わたしまで、描《か》く場所《ばしょ》が決《き》まってないし……。

「その、なんていうか……大変《たいへん》だったな、エミ」

ロマンが、ねぎらいの声《こえ》をかけてくれる。

明日《あした》も、まだ2人《ふたり》とも怒《おこ》ってるかな。

どうやったら、仲《なか》なおりできるんだろう……。

「ねえ、ロマン」

わたしはクロッキー帳《ちょう》に顔《かお》をよせた。

「ロマンだったら、どうやって友達《ともだち》と仲《なか》なおりする？」

前向《まえむ》きで明《あか》るいロマンのことだ。

きっと、いいアイディアがあるはず。

「仲《なか》なおり……」

「そうそう。友達《ともだち》と気持《きも》ちがすれちがっちゃったときに、どう解決《かいけつ》するか、おしえてほしいの」

「友達《ともだち》と、気持《きも》ちがすれちがったとき……か」

ロマンが、わたしの言《い》った言葉《ことば》をゆっくりと、くりかえす。

すこし考《かんが》えて、ロマンはふたたび口《くち》をひらいた。

「………オレには、わからないな。オレ、友達《ともだち》がいないから」

「え!?」

と、友達《ともだち》がいないって？

ロマンは肩《かた》をすくめて言《い》った。

「ほら、言《い》っただろ。オレは美術警察《びじゅつけいさつ》に最年少《さいねんしょう》で入《はい》ったんだ。まわりは年上《としうえ》ばっかりだったし……親父《おやじ》のこともあったからな」

「お父《とう》さんのこと……って、ロマンのお父《とう》さんが美術警察《びじゅつけいさつ》の長官《ちょうかん》だってこと？」

ロマンがうなずく。

「長官《ちょうかん》の息子《むすこ》だからヒイキされてるって、やっかむやつが多《おお》かったからな……だれかと仲《なか》よくなるようなふんいきじゃなかった」

「で、でも、1人《ひとり》も？　1人《ひとり》くらい、そのままのロマンを見《み》てくれる人《ひと》はいなかったの？」

ロマンの状況《じょうきょう》、わたしにもすこしわかる。

わたしのお父《とう》さんは有名《ゆうめい》な油彩画家《ゆさいがか》だったから、ずっとまわりから「赤城先生《あかぎせんせい》の娘《むすめ》」としてばかり、見《み》られてた。

でも、そういうのぬきにして、ふつうの女《おんな》の子《こ》として接《せっ》してくれる友達《ともだち》がいた。

「本当《ほんとう》に、1人《ひとり》もいなかったの？」

わたしが聞《き》くと、ロマンは一瞬《いっしゅん》、遠《とお》くを見《み》てから目《め》をふせた。

「………うん」

その日《ひ》は、布団《ふとん》に入《はい》ってからも、わたしは、キラとあおいのことを考《かんが》えていた。

いったい、どうやったら仲《なか》なおりできるんだろう。

胸《むね》がざわざわして、眠《ねむ》れない……。

水《みず》でも飲《の》もうかと、わたしは起《お》きあがった。

すると、窓《まど》のサッシに腰《こし》をかけるようにして、ロマンが外《そと》を見《み》ていた。

もちろん、腰《こし》をかけてるように見《み》えるだけで、ロマンは壁《かべ》の中《なか》にいるんだけど。

布団《ふとん》の中《なか》で目《め》をつぶってる間《あいだ》に、クロッキー帳《ちょう》からぬけだしたんだと思《おも》う。

わたしが起《お》きたことも気《き》づかず、さびしげな顔《かお》で、じっと暗闇《くらやみ》を見《み》てる。

………きっと、ロマンにだって悩《なや》みごとがあるんだ。

それなのに、わたしったら自分《じぶん》の相談《そうだん》ばかり。

さっきだって、すぐロマンに助《たす》けてもらおうとした。

部屋《へや》の中《なか》は暗《くら》かったけれど、月《つき》の光《ひかり》を反射《はんしゃ》してるロマンの瞳《ひとみ》は、そこだけかがやいていた。

翌朝《よくあさ》、いつものように学校《がっこう》に行《い》く準備《じゅんび》をする。

カバンに、教科書《きょうかしょ》と、ノートと、筆記用具《ひっきようぐ》と……。

わたしはクロッキー帳《ちょう》をひらいた。

「ロマン、あのさ」

「ん？」

いつもの明《あか》るい顔《かお》。

昨日《きのう》の姿《すがた》は、わたしが見《み》た夢《ゆめ》だったんじゃないかって思《おも》うほど。

「えっと……なにか悩《なや》んでることとかない？」

「とくにないけど？」

わたしもロマンの助《たす》けになりたい。

だから、ロマンに悩《なや》んでいることがあるなら相談《そうだん》してほしいのに。

「そ、それならいいんだけど……毎日《まいにち》こうやってクロッキー帳《ちょう》にいるのって窮屈《きゅうくつ》じゃない？　考《かんが》えたんだけど、もし、ロマンも1人《ひとり》になって考《かんが》えたいときがあるなら、むりして学校《がっこう》についてこなくてもいいっていうか……その」

わたしの言《い》いたいこと、伝《つた》わってるかな？

「言《い》っておくけど、ついてこないでほしいわけじゃないよ！　わたしは、ロマンといっしょにいたいって思《おも》ってるし、いっしょにいられるの、うれしいし！」

あれ。

なんかわたし、告白《こくはく》みたいなこと言《い》ってる⁉

「エミ、なにに気《き》をつかってるのかわからないが」

あたふたするわたしをよそに、ロマンは目《め》を細《ほそ》めた。

「でも、エミがそう言《い》うなら、たまには留守番《るすばん》もいいかもな」

昨日《きのう》の夜《よる》、ロマンが悩《なや》んでるように見《み》えたんだけど。

……もしかして、わたしがたよりないから相談《そうだん》してくれないのかな。

「う、うん。ロマンがそう言《い》うなら、それがいいね」

「体《からだ》がなまらないように、家《いえ》のまわりを散歩《さんぽ》してみるよ。もちろん、見《み》つからないように」

そう言《い》って、ロマンはクロッキー帳《ちょう》から机《つくえ》の上《うえ》に移動《いどう》した。

ロマンの身体《からだ》は『絵《え》』だけれど、平面上《へいめんじょう》なら自由《じゆう》に動《うご》けるのだ。

机《つくえ》からそのまま、床《ゆか》、壁《かべ》へ、とスルスルと部屋《へや》の表面《ひょうめん》を移動《いどう》するロマン。

壁《かべ》の中《なか》に立《た》つと、ちょうど同《おな》じくらいの身長《しんちょう》になった。

「いってらっしゃい、エミ」

そう言《い》って、手《て》をふる。

ヒャーッ！

絵《え》だってわかってるのに、なんだか照《て》れてしまう。

だって、実際《じっさい》に男《おとこ》の子《こ》がそこにいるみたいなんだもん。

自分《じぶん》の部屋《へや》に男《おとこ》の子《こ》がいて、手《て》をふって見送《みおく》られるなんて、すっごくへんなかんじ。

「い……いってきます」

うう……手《て》をふりかえすのも、なんだか照《て》れる。

家《いえ》の前《まえ》には、制服《せいふく》を着《き》たあおいが待《ま》っていた。

「おはよう、あおい」

幼《おさな》なじみのあおいは、近《ちか》くに住《す》んでるので、毎日《まいにち》いっしょに登校《とうこう》してる。

「おはよう」

よかった。あおい、ふだんどおりだ。

「昨日《きのう》はごめんね。エミにまでつっかかっちゃって」

あおいが、もうしわけなさそうに言《い》った。

「ううん。べつに気《き》にしてないよ」

昨日《きのう》はどうなることかと思《おも》ったけれど、また楽《たの》しく3人《にん》で部活《ぶかつ》ができそう。

わたしは、ほっと胸《むね》をなでおろした。

「……私《わたし》、今日《きょう》は部活休《ぶかつやす》むわね」

「へー、そうなんだ………って、ええっ!?」

あおいはめったに部活《ぶかつ》を休《やす》まない。だって、西野先生《にしのせんせい》と話《はな》せる貴重《きちょう》な時間《じかん》だから。

「だって、キララも私《わたし》と顔《かお》をあわせたくないだろうし……」

「あおい、まだ昨日《きのう》の場所《ばしょ》決《き》めのこと怒《おこ》ってる？」

「怒《おこ》ってないわよ。あそこに先《さき》に着《つ》いたのは私《わたし》だもの。キララがなんと言《い》おうと、あそこは私《わたし》の場所《ばしょ》よ。怒《おこ》る理由《りゆう》がないわ」

口《くち》もとは笑《わら》ってるけれど、目《め》が笑《わら》ってない。

めちゃくちゃ怒《おこ》ってるじゃん！

「でも、天気《てんき》がイマイチだから、今日《きょう》は描《か》きにいかないわよ……日曜《にちよう》にでもいこうかしら」

キララのほうも、昨日《きのう》のことはすっかりわすれて……というふうには、いかなかった。

「あたし、今日《きょう》は部活行《ぶかつい》く気分《きぶん》じゃないんだよなー」

給食《きゅうしょく》の時間《じかん》、キララがひとり言《ごと》みたいにぼやいた。

「それって……休《やす》むってこと？」

おそるおそる、たずねると「んー」とあいまいな返事《へんじ》がくる。

「休《やす》むっていうかさ。行《い》っても気《き》まずくない？　なんか今《いま》そういうノリじゃないし」

ボソボソとキララは言《い》いわけをする。

「うーん、そうだな。……うん、やっぱり、あたし今日《きょう》はパス！」

そう言《い》って、キララはパンと手《て》を打《う》った。

冗談《じょうだん》っぽく、笑《わら》ってくれたけれど、胸《むね》がキュゥと痛《いた》んだ。

これ、どう考《かんが》えても昨日《きのう》のことが原因《げんいん》だよね？

なんとかしなくちゃ！

4 初《はじ》めての先輩《せんぱい》

放課後《ほうかご》、わたしは1人《ひとり》で美術室《びじゅつしつ》へむかった。
ひとりっきりの部活《ぶかつ》なんて初《はじ》めてだ。
いつもだったら、マンガを読《よ》んで、おしゃべりしてるところだけど。
1人《ひとり》でなにをしたらいいんだろう。
扉《とびら》を開《ひら》くと、美術室《びじゅつしつ》に1人《ひとり》の見知《みし》らぬ男子生徒《だんしせいと》がいた。
「えっ、だれ？」
ふわっとした髪《かみ》に、やわらかそうなふんいき。
こちらをふりむくと、とろんとした目《め》がわたしを見《み》る。
うわばきに入《はい》ったラインの色《いろ》が、わたしのとちがう。
2年生《ねんせい》の先輩《せんぱい》だ。

「あの……ここ、美術室《びじゅつしつ》なんですけど」

放課後《ほうかご》の美術室《びじゅつしつ》は、美術部《びじゅつぶ》の活動場所《かつどうばしょ》ってこと知《し》らないのかな？

わたしが話《はな》しかけると、先輩《せんぱい》はフフッと笑《わら》った。

「美術部員《びじゅつぶいん》のボクが美術室《びじゅつしつ》を使《つか》うのに、なにか問題《もんだい》がある？」

先輩《せんぱい》は、首《くび》をかしげる。

び、びじゅつぶいん……!?

「2年《ねん》4組《くみ》、蓮見裕樹《はすみゆうき》、美術部所属《びじゅつぶしょぞく》です。よろしくね、新入部員《しんにゅうぶいん》」

え————っ!?

美術部《びじゅつぶ》の先輩《せんぱい》、本当《ほんとう》にいたんだ……。入学《にゅうがく》してから初《はじ》めて会《あ》ったよ。

「よ、よろしくお願《ねが》いします！　1年《ねん》2組《くみ》、赤城絵美《あかぎえみ》です！」

わたしが、自己紹介《じこしょうかい》して頭《あたま》をさげると「赤城絵美《あかぎえみ》？」と先輩《せんぱい》が聞《き》きかえした。

「は、はい……。赤城絵美《あかぎえみ》です」

あ、もしかしてお父《とう》さんのこと知《し》ってるのかな。

画家《がか》のお父《とう》さんは、ちょっとした有名人《ゆうめいじん》だから、娘《むすめ》のわたしのことを知《し》ってる人《ひと》も多《おお》い。

「そうか……。こないだは、**ラファエロ**の『**ラ・ヴェラータ**』の件《けん》、お手柄《てがら》だったね」

先輩《せんぱい》が、にこりとした。

「え」

ラファエロの『ラ・ヴェラータ』と言《い》えば、こないだ、わたしたちが解決《かいけつ》した事件《じけん》のことだ！

花嫁《はなよめ》の姿《すがた》を描《か》いた絵画《かいが》『ラ・ヴェラータ』。

その花嫁《はなよめ》のヴェールがぬすまれて、わたしとロマンは犯人《はんにん》から取《と》り返《かえ》した。

でも、それは美術警察《びじゅつけいさつ》以外《いがい》は知《し》らないはずなのに。

「な、な、なんで知《し》ってるんですか⁉」

わたしがうろたえると、先輩《せんぱい》は肩《かた》をすくめた。

「なんでって、あのとき情報提供《じょうほうていきょう》したのはボクだよ？」

情報提供《じょうほうていきょう》？

「先輩《せんぱい》、もしかして……」

「……美術部《びじゅつぶ》2年《ねん》。あらため、美術警察資料班《びじゅつけいさつしりょうはん》、蓮見裕樹《はすみゆうき》です」

「美術警察《びじゅつけいさつ》っ！」

うそ！　美術部《びじゅつぶ》の先輩《せんぱい》が、美術警察《びじゅつけいさつ》の先輩《せんぱい》だったってこと⁉

わたしが目《め》をまるくしてるのに、先輩《せんぱい》は平然《へいぜん》としている。

「知《し》りませんでした。え、えっと、かさねがさね、よ、よろしくお願《ねが》いします」

びっくりしすぎて、おもいっきりテンパってしまった。

「……でも、なんで先輩《せんぱい》は美術部《びじゅつぶ》に顔《かお》を出《だ》さないんですか？」

「ああ。ボクはちょっと体《からだ》が弱《よわ》くてね……ゴホッゴホッ、入院生活《にゅういんせいかつ》も長《なが》くて、学校《がっこう》も休《やす》みがちなんだ……ゴホッ、ゴホッ」

先輩《せんぱい》がせきこみ、口《くち》もとをおさえる。

肌《はだ》は青白《あおじろ》く、わたしよりも華奢《きゃしゃ》に見《み》える、細《ほそ》いうでだ。

「そうだったんですね」

胸《むね》をさする先輩《せんぱい》は、つらそうだ。

わたしに心配《しんぱい》かけないように笑顔《えがお》のままなのが、

よけいに胸《むね》をしめつけられた。

蓮見先輩《はすみせんぱい》って、体《からだ》も心《こころ》もすごく繊細《せんさい》な人《ひと》なんだろう。

「あとね……。ボク、騒音《そうおん》とか苦手《にがて》で、ふだんの美術室《びじゅつしつ》は、すこし、いづらいんだよ」

ああ、たしかに静《しず》かなところが好《す》きそう……って、なんで美術室《びじゅつしつ》のこと？

「いつも、ピーチクパーチク、バカみたいにうるさいスズメが３羽《ば》いるじゃない」

ピーチクパーチク？　バ……バカ？

「あ、３人《にん》と言《い》うべきだったかな。今日《きょう》は１人《ひとり》しかいないみたいだけど……あとの２人《ふたり》は？」

笑顔《えがお》のまま、わたしにむかって、ほがらかにたずねる先輩《せんぱい》。

う、うるさいのって、わたしたちのことか――っ!?

「いやー、たまに美術資料《びじゅつしりょう》を借《か》りにきてみれば、少女《しょうじょ》マンガなんかひろげて、乙女《おとめ》だの恋《こい》だの、廊下《ろうか》にまでひびいてきてさ。よくも毎日《まいにち》あきないもんだねぇ」

口《くち》から出《で》る言葉《ことば》はとげとげしいのに、先輩《せんぱい》の顔《かお》は笑顔《えがお》のままだ。

か、かんじ悪《わる》っ！

もちろん、美術室《びじゅつしつ》でマンガひろげてるほうがまちがってるのは、わかるけどさ。

そんな言《い》いかた、しなくてもいいじゃん！

わたしは、くるりとU《ユー》ターンした。

「失礼《しつれい》しました！　やっぱり帰《かえ》ります」

「あっそう。なんかわるいね？　気分《きぶん》でも害《がい》した？」

むむむむむーっ！

「それではっ！」

扉《とびら》をあけると、去《さ》りぎわにもう一度《いちど》先輩《せんぱい》が話《はな》しかけてきた。

「ロマンは元気《げんき》？」

「え？」

ふりかえってみると、先輩《せんぱい》の顔《かお》は、まだ笑《え》みが貼《は》りついたままだ。

「キミが今《いま》のパートナーなんだろう？」

ロマンと知《し》りあいなのかな。

……おかしくはない。

ロマンも長官《ちょうかん》の息子《むすこ》だから、美術警察内《びじゅつけいさつない》では、ちょっと有名人《ゆうめいじん》だったみたいだし。

もしかして、この先輩《せんぱい》もロマンをねたんで、いじわるなことを言《い》ってきた人《ひと》の1人《ひとり》？

「元気《げんき》ですけど、なんですか」

すこし警戒《けいかい》して、わたしは答《こた》えた。

「そう」

それだけ聞《き》くと、先輩《せんぱい》は涼《すず》しい顔《かお》でヒラヒラと手《て》をふった。

会釈《えしゃく》だけして、わたしは美術室《びじゅつしつ》をあとにする。

なんだか、モヤモヤした1日《にち》だったなぁ。


「ただいまー」

家《いえ》に帰《かえ》って、自分《じぶん》の部屋《へや》に入《はい》る。

部屋《へや》の中《なか》に、ロマンの姿《すがた》が見《み》あたらなかったので、クロッキー帳《ちょう》をひらいた。

「おかえり、エミ」

ロマンは、いつもどおりピカピカの笑顔《えがお》がまぶしい。

「うん、ロマンもおかえり。気分転換《きぶんてんかん》できた？」

「ああ、たまにはいいな。ずっとクロッキー帳《ちょう》にいると、体《からだ》がなまりそうだから、明日《あした》も散歩《さんぽ》しようかと思《おも》うんだ。エミのほうこそ、なんだかやつれてるけれど、友達《ともだち》のことで、またなにかあったのか」

「うん。でも、それとはべつにね……ロマン、蓮見《はすみ》さんって知《し》ってる？」

すると、ロマンがおどろいた様子《ようす》で口《くち》をひらく。

「蓮見《はすみ》……裕樹《ゆうき》か？」

「どうしたの？」

「エミ、どこでそいつの名前《なまえ》を知《し》ったんだ」

「どこって、同《おな》じ学校《がっこう》の先輩《せんぱい》だったんだよ。たまたま顔《かお》をあわせて、自分《じぶん》も美術警察《びじゅつけいさつ》だ、って教《おし》えてくれて……あっ！『ラ・ヴェラータ』の件《けん》で資料提供《しりょうていきょう》してくれたの、蓮見先輩《はすみせんぱい》だったんだって！」

「そうか……いつのまに、あいつ美術警察《びじゅつけいさつ》に……」

なんだか、知《し》ってる名前《なまえ》を聞《き》いてうれしいって感《かん》じじゃない。

「知《し》りあいなの？」

「うん」

ロマンは、どこかうかない表情《ひょうじょう》をしている。

「かくすようなことじゃないから言《い》うよ。蓮見《はすみ》とは、同期《どうき》なんだ」

「同期《どうき》って、美術警察《びじゅつけいさつ》の？」

「ああ、同《おな》じ時期《じき》に候補生《こうほせい》になったんだ。その年齢《ねんれい》で美術警察《びじゅつけいさつ》に入《はい》りたがるのは、蓮見《はすみ》とオレくらいだ、って、めずらしがられたよ」

以前《いぜん》、ロマンから聞《き》いた話《はなし》だ。

ユニベルサーレのわたしは入局試験《にゅうきょくしけん》をパスしたけれど、特殊《とくしゅ》な能力《のうりょく》を持《も》たない人《ひと》は、試験《しけん》に合《ごう》格《かく》しなくちゃ美術警察《びじゅつけいさつ》になれないんだって。

「だから、2人《ふたり》ひと組《くみ》で演習《えんしゅう》をするときは、自然《しぜん》にオレと蓮見《はすみ》で組《く》んでたんだ」

2人《ふたり》ひと組《くみ》で演習《えんしゅう》……。

「それって、蓮見先輩《はすみせんぱい》はロマンの元《もと》パートナーってこと⁉」

「ん？　まぁ、そうとも言《い》えるかな」

「ちょっと待《ま》ってよ。それじゃあ、蓮見先輩《はすみせんぱい》とは友達《ともだち》だったんじゃないの？」

昨日《きのう》ロマンは、1人《ひとり》も友達《ともだち》はいなかった、って言《い》ってたよね。

「前《まえ》は、な」

わたしの問《と》いかけに、ロマンは顔《かお》をふせた。

「オレは……アイツを裏切《うらぎ》ったんだ」

裏切《うらぎ》った⁉

「ロマン、蓮見先輩《はすみせんぱい》との間《あいだ》に、なにが……」

「エミ」

ロマンがわたしの言葉《ことば》をさえぎる。

「オレのことは気《き》にしなくていいって。友達《ともだち》がいなくても、とくにこまることはないし」

「そんなこと言《い》われても。心配《しんぱい》だし、気《き》になるよ。だって……」

だって、わたしは……

「わたしは、ロマンのことっ！」

「オレのこと？」

ロマンが頭《あたま》にはてなをうかべて、わたしを見《み》る。

「…………!!」

わ、わたしったら、いまなにを言《い》おうと!?

「どうしたんだ、エミ。オレのこと、なんだ？」

「えっと……わたしは、そ、その……と、**友達《ともだち》！**　だから！」

「友達《ともだち》……」

「ロマンのこと大切《たいせつ》な友達《ともだち》だと思《おも》ってるから！　心配《しんぱい》だし、気《き》になるの！」

それを聞《き》いて、ロマンの表情《ひょうじょう》がやわらかくなった。

「そうだな、友達《ともだち》がいないなんて言《い》ってすまない。**オレにとっても、エミは大切《たいせつ》な友達《ともだち》だ！**」

友達《ともだち》ぃ――――っ！

ガクリとひざの力《ちから》がぬけ、くずれ落《お》ちる。

じ、自分《じぶん》から友達宣言《ともだちせんげん》してしまうなんて。ロマンからも、友達《ともだち》として認定《にんてい》されちゃうし。

「ありがとう、エミ。その気持《きも》ちだけで、うれしいよ」

そう言《い》って、まぶしく笑《わら》いかけるロマン。

結局《けっきょく》、蓮見先輩《はすみせんぱい》とのことはおしえてくれなかった。

やっぱり、わたしがたよれるパートナーじゃないから、話《はな》してくれないのかも。

蓮見先輩《はすみせんぱい》は、ロマンにとって、どんなパートナーだったんだろう……？

★5 ロマンはまぶしすぎる？

翌日《よくじつ》も、キララとあおいは部活《ぶかつ》に出《で》たがらなかった。

「そういえば、キララ、宿題《しゅくだい》はどうしてる？」

角《かど》が立《た》たないよう、わたしは放課後《ほうかご》サラッと聞《き》いてみる。

「なんか気分《きぶん》ノらないんだよなー。あたしって早《はや》めにやるタイプじゃないし。月曜提出《げつようていしゅつ》なんだから、日曜《にちよう》にでもやるわ」

げっ！　あおいと同《おな》じこと言《い》ってる！

「もちろん、あの川原《かわら》でな。あそこは、あたしの場所《ばしょ》だし」

げげげーっ！

また2人《ふたり》がかち合《あ》ってケンカになったら、今度《こんど》こそ完全《かんぜん》に修復不可能《しゅうふくふかのう》だよ。

「あ、あのさ、もっといい場所《ばしょ》とか探《さが》してみない？　わたし、場所探《ばしょさが》しつきあうよ」

「もっといい場所《ばしょ》？」

キララの目《め》つきがきつくなる。

「エミちー？　もしかして、あおちーの肩持《かたも》ってんのか？」

「はいぃぃぃ!?」

「あおちーに川原《かわら》をゆずって、あたしにはべつの場所《ばしょ》で描《か》けって？」

「そ、そうじゃなくて！」

そんなつもりじゃないけれど、これ以上《いじょう》２人《ふたり》のケンカがこじれるのはさけたい！

「言《い》っとくけど、今回《こんかい》は自分《じぶん》の力《ちから》でやるって決《き》めてるんだから、エミちーに手伝《てつだ》ってもらう必要《ひつよう》はない！　自分《じぶん》で一番《いちばん》イイって思《おも》った場所《ばしょ》で、サイコーの絵《え》を描《か》いてやるんだから」

「そ、そうだよね。宿題《しゅくだい》出《だ》されたときも、キララは意気込《いきご》んでたもんね」

今度《こんど》こそは『自分《じぶん》の力《ちから》で、これだけできる』ってところ見《み》せたいよね。

キララのゆずれない気持《きも》ち、とってもわかるんだ。

「……それじゃあ、わたしはちょっと部活《ぶかつ》に顔出《かおだ》してくるから」

キララとわかれて、教室《きょうしつ》を出《で》る。

すると、ちょうどとなりのクラスから、あおいが出《で》てきたところだった。

「あおい！　もしかして、部活《ぶかつ》出《で》る気《き》になった？」

「まさか」

ズバッと一刀両断《いっとうりょうだん》。……で、ですよね。

「帰《かえ》る前《まえ》に、先生《せんせい》にはあいさつしていこうと思《おも》ったの。こう休《やす》んでばっかりじゃ、もうしわけないでしょ」

「そっか。じゃあ、いっしょに美術室《びじゅつしつ》までいこうか」

「ううん、先生《せんせい》が美術準備室《びじゅつじゅんびしつ》にくるのは、いつも5時《じ》5分《ふん》をすぎたあたりよ。4時《じ》30分《ぷん》から5時《じ》の間《あいだ》は、職員会議《しょくいんかいぎ》があるから、この時間《じかん》は職員室前《しょくいんしつまえ》の廊下《ろうか》で待《ま》ってたほうが自然《しぜん》に会《あ》うことができるわ」

「……あおい、先生《せんせい》の行動《こうどう》ばっちり把握《はあく》してるんだね」

自然《しぜん》って……それおもいっきり、待《ま》ちぶせじゃん！

「が、学級委員《がっきゅういいん》をやってるから、先生《せんせい》たちの事情《じじょう》にくわしいだけよ」

あおいが、むっと口《くち》をすぼめた。

こういう話《はなし》をしてると、いつものあおいって感《かん》じで安心《あんしん》する。

わたしは、あおいにも相談《そうだん》してみることにした。

「ねぇ、あおい。写生《しゃせい》の宿題《しゅくだい》、どうしても川原《かわら》じゃなくちゃ、だめかなぁ」

「は？」

あおいの瞳《ひとみ》がギラリ。

しまった、キララのときと同《おな》じ流《なが》れになるところだった。

「べつにキララにゆずって、とか言《い》いたいわけじゃないよ。でも、キララは自分《じぶん》の力《ちから》で完璧《かんぺき》にやりとげるって、意地《いじ》はってるんだよ。だから」

「……わかってるわ」

うつむきながら、あおいはしずかに口《くち》をひらいた。

「キララの考《かんが》えてることとなんてわかってる。でも、先生《せんせい》が言《い》ってたでしょう、場所選《ばしょえら》びは重要《じゅうよう》だって。だから、一番《いちばん》イイと思《おも》ったあそこで描《か》きたいの」

「あおい……」

「誤解《ごかい》とはいえ、生徒指導室《せいとしどうしつ》に呼《よ》ばれた汚名《おめい》を返上《へんじょう》しなくちゃ。そのために、とびきり上手《じょうず》に描《か》いて、先生《せんせい》に見《み》てほしい。私《わたし》、ヘンなこと言《い》ってる？」

なんでもサラッとこなすあおいが、好《す》きな人《ひと》のためなら一生懸命《いっしょうけんめい》になる。

あおいのゆずれない気持《きも》ちも、痛《いた》いほどよくわかった。

「もうっ！　エミがつらく思《おも》うことないのよ」

あおいは、わたしの頬《ほお》をつついた。

「これは、私《わたし》とキララの問題《もんだい》なんだから。それじゃあね」

『私《わたし》とキララの問題《もんだい》』という言葉《ことば》が頭《あたま》の中《なか》でこだまする。

重《おも》い足《あし》を引《ひ》きずって、わたしは今日《きょう》も1人《ひとり》で美術室《びじゅつしつ》へむかった。

あまり気《き》が進《すす》まないけれど、気《き》になってることがあるから。

「やあ、赤城《あかぎ》さん」

扉《とびら》を開《あ》けるなり、さわやか笑顔《えがお》でわたしをむかえる蓮見先輩《はすみせんぱい》。

今日《きょう》はその笑顔《えがお》に、だまされないんだからね！

「ひどい目《め》つきだよ赤城《あかぎ》さん。今日《きょう》は鳥《とり》は鳥《とり》でも、スズメじゃなくて、ハシビロコウだ」

「な、なんですかその鳥《とり》!?」

どんな鳥《とり》かは知《し》らないけれど、悪《わる》く言《い》われているのは、わかる！

「今日《きょう》も1羽《わ》……じゃない、1人《ひとり》なんだね」

「いま、1羽《わ》って言《い》いましたね⁉」

「お友達《ともだち》とケンカでもした？」

ズキッ。先輩《せんぱい》の言葉《ことば》が胸《むね》にささる。

「べつに、そんなんじゃ」

「ふーん。まぁ、静《しず》かでけっこう。ボクとしては、ひさしぶりに美術室《びじゅつしつ》でくつろげてラッキーだな」

悪気《わるぎ》もなさそうに、心地《ここち》よくのびをする蓮見先輩《はすみせんぱい》。

やっぱり、蓮見先輩《はすみせんぱい》のこと苦手《にがて》。

……でも、わたしには聞《き》かなきゃいけないことがある。

「蓮見先輩《はすみせんぱい》、ロマンのパートナーだったって、本当《ほんとう》ですか？」

「なんでボクに聞《き》くの？　ロマンに聞《き》いたらいいじゃない」

「ロマンは……自分《じぶん》は蓮見先輩《はすみせんぱい》のこと裏切《うらぎ》ったって言《い》って……、それ以上話《いじょうはな》してくれなかったから」

「…………ふーん」

「本当《ほんとう》なんですか⁉」

「さあね。ロマンがそう言《い》うなら、そうじゃない？」

先輩《せんぱい》のすまし顔《がお》は変《か》わらない。

「いったい、２人《ふたり》の過去《かこ》になにが」

「ボクのほうこそ聞《き》かせてよ。キミ、本当《ほんとう》にロマンのパートナー？」

「そうですけど」

「ロマンに、つりあってないんじゃない」

ヒュッ、と息《いき》がつまった。

首《くび》をしめられたみたいに苦《くる》しい。

「そんなことも話《はな》してもらえないようじゃ、２人《ふたり》の関係《かんけい》もたかが知《し》れてる。キミ、信頼《しんらい》されてないんだよ」

ドクドク、と自分《じぶん》の動悸《どうき》がはげしくなるのが聞《き》こえた。

「キミ、美術《びじゅつ》のこととかなにも知《し》らないんじゃない？　そんなんで、ロマンのパートナーがつとまるとは思《おも》えないなぁ」

なにも言《い》い返《かえ》せずに、わたしはくちびるをかんだ。

「アイツは、まぶしすぎるんだよ」

先輩《せんぱい》はカーテンをめくり、窓《まど》の外《そと》を指《ゆび》さした。

「その池《いけ》に、花《はな》が咲《さ》いてるのわかる?」

「池《いけ》ですか? 花壇《かだん》じゃなくて?」

美術室《びじゅつしつ》の小窓《こまど》からは、学校《がっこう》の裏庭《うらにわ》が見《み》える。

そこには園芸部《えんげいぶ》が手入《てい》れしている花壇《かだん》と池《いけ》があるのだ。

太陽《たいよう》の光《ひかり》を反射《はんしゃ》して、池《いけ》の表面《ひょうめん》はまっ白《しろ》にかがやいて見《み》えた。

「まぶしくて見《み》えません……」

「それと同《おな》じ。光《ひかり》がなくちゃ物《もの》を見《み》ることはできない。でも、強《つよ》すぎる光《ひかり》は目《め》をくらませて、やっぱり見《み》ることができないんだ」

言《い》ってることは、わかるけど。

それがロマンとなんの関係《かんけい》があるんだろう。

「ロマンの目指《めざ》してるものは、赤城《あかぎ》さんには、まぶしすぎるんだよ」

そう言《い》われて、目《め》の前《まえ》がまっ暗《くら》になったような気《き》がした。

だって、先輩《せんぱい》の言《い》うとおり。

わたしは、ロマンのようになれない。

わたしだったら、すぐオロオロして暗《くら》くなるようなことでも、ロマンなら明《あか》るく前向《まえむ》きでいられる。

だから、わたしは助《たす》けてもらってばかりで……。

「パートナーだって言《い》うなら、ロマンと同《おな》じ光《ひかり》を追《お》えるくらいにならなきゃ」

そのとき、先輩《せんぱい》がたおれるように、フラッと壁《かべ》にもたれかかった。

「蓮見《はすみ》先輩《せんぱい》っ!?」

よく見《み》ると、さっきよりも血色《けっしょく》がわるい。

「平気《へいき》、めまいがしただけ。太陽《たいよう》の光《ひかり》、あんまり得意《とくい》じゃないんだ」

カーテンを閉《し》めて、先輩《せんぱい》はわたしを見《み》る。

よわよわしいけれど、冷《つめ》たい目《め》つきだった。

「……赤城《あかぎ》さん。キミは、ロマンと同《おな》じ光《ひかり》を追《お》えるのかな？」


保健室《ほけんしつ》までつきそうという、わたしの申《もう》し出《で》は先輩《せんぱい》にことわられた。

気《き》がつくとわたしは、家《いえ》に帰《かえ》っていた。

放心《ほうしん》してしまい、どうやって帰《かえ》ったのかも覚《おぼ》えてない。

自分《じぶん》の部屋《へや》で、いつものようにクロッキー帳《ちょう》を開《ひら》く。

「おう。おかえり、エミ……って、どうしたんだ、その顔《かお》」

「顔《かお》って？」

「表情《ひょうじょう》が暗《くら》いぞ！　なにか、つらいことがあったのか？」

暗《くら》い⁉

「つらいことなんてないよ。いつもどおり、元気元気《げんきげんき》」

わたしは、せいいっぱい明《あか》るく笑《わら》ってみせた。

「そんなフリしなくても、エミは顔《かお》に出《で》るからわかるんだよ。あの2人《ふたり》のケンカのことか？」

心配気《しんぱいげ》に、ロマンがわたしの顔《かお》を見《み》る。

「大丈夫《だいじょうぶ》。エミだったらきっと、2人《ふたり》を仲《なか》なおりさせてやれるって」

「……そんな、わたし、ロマンみたいに前向《まえむ》きには考《かんが》えられないよ」

「どうしてだよ。2人《ふたり》ともエミの友達《ともだち》なんだろ、エミが助《たす》けてやらないでどうするんだ」

わたしをはげますロマンの姿《すがた》は、よけいにまぶしく見《み》えた。

初《はじ》めて会《あ》ったときから、ずっと変《か》わらず、ロマンはまっすぐで明《あか》るい。

自分《じぶん》とはちがうロマンがまぶしい。……まぶしい。

あれ？　なんか本当《ほんとう》の本当《ほんとう》にまぶしい？

気《き》がつくと、部屋《へや》にかけてある額縁《がくぶち》が光《ひか》りかがやいていた。

額縁《がくぶち》の中《なか》から、背《せ》の高《たか》い1人《ひとり》の男性《だんせい》が出《で》てくる。

オールバックに髪《かみ》をまとめて、外国《がいこく》の俳優《はいゆう》さんみたいにかっこいい。

「バロック長官《ちょうかん》！」

美術警察極東支局《びじゅつけいさつきょくとうしきょく》を統《す》べるアーティ・バロック長官《ちょうかん》。

わたしたちの上官《じょうかん》で、ロマンのお父《とう》さんだ。

「エミ、ロマン、2人《ふたり》に指令《しれい》です。ある展覧会《てんらんかい》で事件《じけん》がおこりました。至急《しきゅう》、美術館《びじゅつかん》まで同行願《どうこうねが》います」

6 ぬすまれたものは？

家《いえ》を出《で》ると、バロック長官《ちょうかん》の部下《ぶか》の車《くるま》が止《と》まっていた。

それに乗《の》って、わたしたちは美術館《びじゅつかん》へむかう。

美術館《びじゅつかん》は、一面《いちめん》ガラスばりの、新《あたら》しそうな建物《たてもの》だった。

「関係者以外《かんけいしゃいがい》は立《た》ち入《い》り禁止《きんし》にしてあるので、安心《あんしん》してください」

そう言《い》われて、わたしは遠慮《えんりょ》なくクロッキー帳《ちょう》をひらいた。

館内《かんない》は、おちついたふんいきの木《き》の床《ゆか》で、いごこちのよさそうな美術館《びじゅつかん》だ。

会場《かいじょう》の入《い》り口《ぐち》につき、わたしはひらいたページを壁《かべ》に押《お》しあてる。

スタンプを押《お》すみたいに、ふれたところからロマンが壁《かべ》に移動《いどう》した。

「今回《こんかい》の事件《じけん》はどんな事件《じけん》なんだろうね……」

「なにがあっても、絶対《ぜったい》に解決《かいけつ》してやるさ！」

ロマンがガッツポーズをしてみせる。

入《い》り口《ぐち》には、大《おお》きなポスターが貼《は》ってあった。

『モネ・ルノワール展《てん》』

「モネ・ルノワールさん？　ルノワールが名字《みょうじ》かな」

「ちがうぞ、エミ！　モネとルノワールはべつの人物《じんぶつ》だ！」

ロマンに訂正《ていせい》されるのを見《み》て、長官《ちょうかん》がひたいに手《て》をあてた。

「モネとルノワールの名前《なまえ》くらいは、知《し》っておいてほしいんですけどね、エミ……」

「うっ……すみません」

「気《き》を取《と》りなおして。奥《おく》のフロアへむかいましょう。事件《じけん》があった作品《さくひん》は、展示《てんじ》の最後《さいご》のほうにあります」

「はいっ」

長官《ちょうかん》が歩《ある》きはじめたので、わたしもあとにつづいた。

ロマンも、わたしたちにあわせて壁《かべ》にそって進《すす》む。

「**クロード・モネ**、そして**オーギュスト・ルノワール**。今回事件《こんかいじけん》があったのは、この2人《ふたり》の作品《さくひん》をメインに展示《てんじ》している展覧会《てんらんかい》です」

展示《てんじ》フロアに入《はい》って、わたしはドキッとした。

『ラ・グルヌイエール』クロード・モネ
『ラ・グルヌイエール』オーギュスト・ルノワール

目《め》に飛《と》びこんできた2枚《まい》の絵画《かいが》は、どちらも水辺《みずべ》を描《か》いた絵《え》だ。

キララとあおいの声《こえ》を、ふと思《おも》いだす。

――そっちがまねしたんでしょ。

――まねしないでよ。

「この2枚《まい》の絵《え》って、同《おな》じ場所《ばしょ》を題材《だいざい》にした絵《え》ですか?」

「ええ、どちらもフランスの河畔《かはん》を描《か》いた絵《え》ですね。右《みぎ》がモネの絵《え》で、左《ひだり》がルノワールの絵《え》です」

そう長官《ちょうかん》が補足《ほそく》してくれた。

これは、モネとルノワールの、どっちがまねした絵《え》なんだろう。

この2人《ふたり》も、やっぱり場所取《ばしょと》りでケンカをしたのかな……?

「……聞《き》いてますか? エミ」

「はいぃ!?」

わたしは、キララとあおいのことで頭《あたま》がいっぱいになってた。

いけない、いけない。いまは事件《じけん》を解決《かいけつ》しにきてるんだから。

「しっかりしてください。事件《じけん》があった絵《え》は、まだまだ先《さき》ですよ」

ふたたび歩《ある》きだして、角《かど》を曲《ま》がる。

すると、急《きゅう》に目《め》の前《まえ》がキラッとかがやいた。

「まぶしっ……」

おもわずわたしは、足《あし》を止《と》める。

『ムーラン・ド・ラ・ギャレットの舞踏場《ぶとうじょう》』

それは、わたしの体《からだ》がすっぽり入《はい》りそうなほどの大《おお》きな絵《え》だった。

たくさんの人《ひと》が、カフェで食事《しょくじ》をしたり、ベン

チで談笑《だんしょう》したり、踊《おど》ったり、楽《たの》しそうにしている。

だれもが笑《え》みをうかべ、キラキラと明《あか》るく光《ひか》りかがやいていた。

「どうしました、エミ。事件《じけん》があった作品《さくひん》は、終盤《しゅうばん》だと……」

バロック長官《ちょうかん》が、足《あし》を止《と》めてふりかえる。

それから、わたしが絵画《かいが》に見《み》とれてるのに気《き》がついて「ふっ」と笑《え》みをこぼした。

「……ふしぎでしょう。この絵《え》に太陽《たいよう》は描《か》かれていないのに、ここには太陽《たいよう》の光《ひかり》がふりそそいでいるのがよくわかる」

「はい。みんなキラキラしてて、この人《ひと》たち自身《じしん》が太陽《たいよう》みたい」

わたしは近《ちか》づいてみる。

遠《とお》くから見《み》たときは、わからなかったけれど、近《ちか》くで見《み》ると荒《あら》い筆跡《ひっせき》がけっこうめだつ。

どれもこれも、まだ描《か》いてる途中《とちゅう》みたいに、ふわっとしている。

「なんだか、変《か》わってます。いままで見《み》てきた絵《え》とちがって……ざっくり描《か》かれてます」

「雑《ざつ》だと思《おも》いますか？」

「いえ。ふんわりしてて、きれいだと思《おも》います。わたし、こういう絵《え》ちょっと好《す》きです」

わたしがそういうと、長官《ちょうかん》の表情《ひょうじょう》がキリリとしまった。

「じゃあ、気《き》を引《ひ》きしめて挑《いど》まなくてはいけませんね。事件《じけん》があったのは、この絵《え》『ムーラン・ド・ラ・ギャレットの舞踏場《ぶとうじょう》』を描《か》いた、ルノワールの作品《さくひん》ですから」

「！」

しばらく進《すす》み、ある1枚《まい》の絵《え》の前《まえ》で長官《ちょうかん》が足《あし》を止《と》めた。

「――この絵《え》です」

『シャルパンティエ夫人《ふじん》とその子《こ》どもたち』

オーギュスト・ルノワール

黒《くろ》のドレスを着《き》た夫人《ふじん》が、刺繍《ししゅう》の入《はい》ったりっぱなソファに腰《こし》をかけている。

ソファのとなりには大《おお》きな犬《いぬ》がいて、犬《いぬ》の上《うえ》には水色《みずいろ》と白《しろ》のドレスを着《き》た女《おんな》の子《こ》が座《すわ》っていた。

この絵《え》もふわっとやさしい筆《ふで》のタッチで、楽《たの》しげな空間《くうかん》に見《み》えた。

「ぬすまれたものは、なんなんですか？」

ロマンの美術解説《びじゅつかいせつ》 もっと

シャルパンティエ夫人《ふじん》とその子《こ》どもたち

フランスの画家《がか》、**ルノワール**が描《か》いた作品《さくひん》だ。よく見《み》ると部屋《へや》の中《なか》には、**浮世絵《うきよえ》**や**すだれ**がかかっている。この部屋《へや》は「**日本風《にほんふう》の居間《いま》**」と呼《よ》ばれていたそうだ。

これ以外《いがい》にも、ルノワールの描《か》いた**肖像画《しょうぞうが》**には**シャルパンティエ家《け》**の家族《かぞく》を描《か》いたものがいくつかあるんだ。ルノワールと、この一家《いっか》は仲《なか》が良《よ》かったんだろうな。

今回《こんかい》の事件《じけん》で誘拐《ゆうかい》されたのは、真《ま》ん中《なか》に描《か》かれた**ソファに座《すわ》ってる子《こ》ども**だ。ぜったいに、連《つ》れもどしてやるぜ！

写真提供：ユニフォトプレス

長官《ちょうかん》にたずねるわたしに対《たい》して、ロマンはぼうぜんと絵《え》を見《み》ていた。

「どうしたの？　ロマン」

「エミ、タイトルを見《み》てください」

バロック長官《ちょうかん》がにがにがしげな声《こえ》で言《い》う。

「『シャルパンティエ夫人《ふじん》とその子《こ》どもたち』ですよね？　子《こ》ども……たち、まさか！」

「そのソファに、もう1人《ひとり》子《こ》どもがいたんです。その子《こ》が誘拐《ゆうかい》されました」

「**誘拐《ゆうかい》っ！**」

ものがぬすまれたんじゃなくて、子《こ》どもの誘拐《ゆうかい》……。

凶悪《きょうあく》なイメージに、おもわず身《み》ぶるいした。

「……この事件《じけん》、絶対《ぜったい》に解決《かいけつ》しなくちゃな」

ロマンのほうは弱気《よわき》にならず、堂々《どうどう》としている。

「ロ、ロマン、気持《きも》ちはわかるけれど。誘拐犯《ゆうかいはん》だよ!?　わたしたちに、そんな相手《あいて》……」

「おちつきなさい。犯人《はんにん》を見《み》た、という目撃証言《もくげきしょうげん》があるのです。その事情聴取《じじょうちょうしゅ》をするために、あなたたちを呼《よ》びました。いまからつれてくるので、ここで待《ま》っていてください」

長官《ちょうかん》はそう言《い》いのこすと、その場《ば》をはなれた。

「……はい」

なんで長官《ちょうかん》は、わたしたちにこの事件《じけん》をたのもうと思《おも》ったんだろう。

まだまだ新人《しんじん》なのに、こんな大《おお》きな事件《じけん》……。

「ロマンはもともとこの絵《え》がどういう絵《え》だったか、知《し》ってるんだよね？」

「ああ」

ロマンはうなずく。

「もう1人《ひとり》、犬《いぬ》の上《うえ》に座《すわ》っている少女《しょうじょ》と、そっくりの子《こ》どもがいたんだ。すこし幼《おさな》いけれど、同《おな》じ髪型《かみがた》で、同《おな》じ白《しろ》と水色《みずいろ》のドレスを着《き》て、ソファにいる夫人《ふじん》のすぐとなりに座《すわ》っていた」

妹《いもうと》なのかな？　そんな幼《おさな》い子《こ》が誘拐《ゆうかい》されたなんて、心配《しんぱい》だ。

「つれてきましたよ。彼《かれ》が目撃者《もくげきしゃ》です」

長官《ちょうかん》の声《こえ》がかかり、わたしたちはふりむいた。

小《ちい》さな男《おとこ》の子《こ》の『絵《え》』が壁《かべ》の中《なか》を歩《ある》いてくる。

「――こんにちは。おにいちゃん、おねえちゃん」

男《おとこ》の子《こ》の『絵《え》』は、元気《げんき》な声《こえ》でお辞儀《じぎ》した。

「こ、この子《こ》が目撃者《もくげきしゃ》⁉」

7 目撃者《もくげきしゃ》はやんちゃ少年《しょうねん》

わたしが、おどろいていると、男《おとこ》の子《こ》のほうも目《め》をまるくした。

「あれ!? このおにいちゃん、ぼくと同《おな》じ『絵《え》』だよ!? なーんだ、『絵《え》』でも美術警察《びじゅつけいさつ》になれるのか〜!」

「な・れ・ま・せ・ん!」

ひと言《こと》ひと言《こと》、たたきこむように、長官《ちょうかん》が男《おとこ》の子《こ》に言《い》い聞《き》かせる。

「バロック長官《ちょうかん》、この男《おとこ》の子《こ》が目撃者《もくげきしゃ》って」

長官《ちょうかん》は心底《しんそこ》こまったように、ため息《いき》をついた。

「じつはこの子《こ》、どこかの絵画《かいが》からぬけだして、美術館《びじゅつかん》の中《なか》をフラフラと散歩《さんぽ》していたみたいなんです」

「ええええええ!?」

「そこで、たまたま誘拐《ゆうかい》の現場《げんば》に出《で》くわし、犯人《はんにん》を目撃《もくげき》したと言《い》うのですが。どの作品《さくひん》からぬけだしたのかは、みじんも話《はな》そうとしなくて……。われわれも、この美術館《びじゅつかん》の中《なか》に少年《しょうねん》がいたはずの絵画《かいが》がないか、捜《さが》している最中《さいちゅう》です」

ただでさえ誘拐事件《ゆうかいじけん》で大変《たいへん》なのに、そんな、ややこしいことになってるなんて。

バロック長官《ちょうかん》、そうとう手《て》をやいてるみたいだ。

「バロックさん！『絵《え》』は美術警察《びじゅつけいさつ》になれないなんてウソじゃん！このおにいちゃん、美術《びじゅつ》警察《けいさつ》なんでしょ!? それじゃあ、ぼくも美術警察《びじゅつけいさつ》になれるよね☆」

男《おとこ》の子《こ》は、無邪気《むじゃき》にパタパタとうでをまわしてる。

「いや、オレはふつうの人間《にんげん》なんだが、任務《にんむ》の途中《とちゅう》で、身体《からだ》を絵《え》にされてしまって……」

それを聞《き》いて、男《おとこ》の子《こ》は飛《と》びあがった。

「うっそー！　絵《え》にされちゃうなんて、もしかして美術警察《びじゅつけいさつ》ってキケンなお仕事《しごと》？　でも、カッコイー♪」

「ポール！　何度《なんど》も何度《なんど》も、むりだと言《い》ってるでしょうが。あなたは、一刻《いっこく》も早《はや》く、もといた絵《かい》画《が》の中《なか》にもどるべきです」

ポールと呼《よ》ばれた少年《しょうねん》の絵《え》は、バロック長官《ちょうかん》に近《ちか》より、手足《てあし》をジタバタした。

「やだー！　やだー！　ぼくも捜査《そうさ》に参加《さんか》するんだ！　じゃないと、犯人《はんにん》の目撃証言《もくげきしょうげん》してあげない！」

な、なんて、わがまま！

「……さっきから、ずっとこんな調子《ちょうし》なんです。捜査《そうさ》に参加《さんか》させせないなら話《はな》さない、の一点《いってん》ばりで、らちがあかないため、年《とし》の近《ちか》いあなたたちが適任《てきにん》かと思《おも》ったんですが」

よく見《み》ると長官《ちょうかん》のおでこには、ピクピクと青《あお》すじがういている。

「親父《おやじ》、相手《あいて》が重要参考人《じゅうようさんこうにん》だから、怒《おこ》るのを必死《ひっし》にたえてるんだな」

ロマンがぼそりと言《い》う。

それから、ロマンは壁《かべ》をつたってポールくんに歩《あゆ》みよった。

「オレはロマン。そこにいるバロック長官《ちょうかん》の息子《むすこ》だ。よろしく」

手《て》をさしのべるロマン。ポールくんはその手《て》をにぎりかえした。

「ひゃっ！　すごい。やっぱり『絵《え》』と『絵《え》』なら、ちゃんとさわれるんだ」

絵画《かいが》が動《うご》くのは、まれなこと。だから、ポールくんも自分以外《じぶんいがい》の動《うご》く絵《え》と握手《あくしゅ》するのは初《はじ》めてみたいだ。

「なにを見《み》たか、くわしくおしえてほしい」

ポールくんと同《おな》じく、身体《からだ》が絵《え》。

そんなロマンに問《と》われれば、ポールくんも答《こた》えてくれるかもしれない。

「……どうして、しりたいの？」

ポールくんが逆《ぎゃく》に聞《き》きかえす。

「そんなの事件《じけん》を解決《かいけつ》するために決《き》まってるじゃないか」

「うー。その答《こた》えだと、50点《てん》！」

ポールくんは、手《て》をパーにひらき数字《すうじ》の5をあらわす。

それから、ぐるりと首《くび》をまわして、わたしを見《み》た。

「そっちのおねえちゃんは？　どうして、ぼくの話《はなし》を聞《き》きたいの？」

えっ、わたし？

「わたしは……楽《たの》しそうだったから、かな」

「え？」

「さっき見《み》た『ムーラン・ド・ラ・ギャレットの舞踏場《ぶとうじょう》』、みんな楽《たの》しそうだったから」

暗《くら》い気持《きも》ちを晴《は》らすような、とても楽《たの》しそうな絵画《かいが》だった。

でも、事件《じけん》があったのも同《おな》じ画家《がか》の作品《さくひん》……。

「きっと、この絵《え》も家族《かぞく》団《だん》らんの楽《たの》しい絵《え》だったはずなのに……1人《ひとり》いなくなって、かなしい絵《え》になっちゃうのはイヤだなって思《おも》ったの」

思《おも》ったことが、無意識《むいしき》に口《くち》に出《で》ていた。

はっ！　……もしかしていまの、美術警察《びじゅつけいさつ》としての責任感《せきにんかん》がなさそうに聞《き》こえる!?

わたしはあわてて体《からだ》をかがめて、ポールくんに目線《めせん》をあわせる。

「もっ、もちろん事件《じけん》を解決《かいけつ》しなきゃって気持《きも》ちはわたしにもあるよ！　誘拐《ゆうかい》された子《こ》も心配《しんぱい》！

だから美術警察《びじゅつけいさつ》として、この事件《じけん》を……」

ピンと、ひとさし指《ゆび》を立《た》てて「しずかに」と言《い》うように、ポールくんはわたしの声《こえ》をさえぎった。

「トレビアン！　おねえちゃん。１００点《てん》だよ」

ポールくんはパチパチと拍手《はくしゅ》をした。

「おねえちゃん、名前《なまえ》は？」

「わたしは、エミ……赤城絵美《あかぎえみ》」

「エミ、ぼくはエミを信《しん》じるよ。約束《やくそく》して。かならずとりかえしてくれるね」

とつぜん、ポールくんが真剣《しんけん》なまなざしになる。

「……目撃《もくげき》したこと、おしえてくれるの？」

ポールくんはコクリとうなずいた。

バロック長官立《ちょうかんた》ち会《あ》いのもと、わたしとロマンはポールくんへの事情聴取《じじょうちょうしゅ》をはじめた。

「事件《じけん》があった時間《じかん》はわかる？」

「わかんない。でも、なにか音《おと》がしておかしいな、と思《おも》ったんだ。それで、あの絵《え》を見《み》ると」

「ちょっと待《ま》ってください。あなたは、どのあたりにいたのですか。もとの絵画《かいが》をぬけだしてから、どの程度歩《ていどある》いて……」

「ああ、もう。ぼくのことは関係《かんけい》ないでしょ、バロックさんは口《くち》うるさいなぁ」

「なっ……口《くち》うるさ……!?」

長官《ちょうかん》は、少《すく》なからずショックを受《う》けてるみたいだった。

「とにかくっ！　絵《え》のまんなかにすわってる女《おんな》の子《こ》が誘拐《ゆうかい》されたの！　誘拐犯《ゆうかいはん》は３人組《にんぐみ》みたいだった。女《おんな》が１人《ひとり》に、男《おとこ》が２人《ふたり》、男《おとこ》っていうか……片方《かたほう》は子《こ》どもみたいだったけど」

「３人組《にんぐみ》の盗賊《とうぞく》……まさか**『三人吉三《さんにんきちさ》』**か？」

バロック長官《ちょうかん》が、目《め》を見《み》ひらいた。

「『三人吉三《さんにんきちさ》』って？」

わたしは、ロマンにたずねる。

「聞《き》いたことがある。歌舞伎《かぶき》に出《で》てくる３人組《にんぐみ》の盗賊《とうぞく》。それをなぞらえた美術盗賊《びじゅつとうぞく》がいるって」

「彼《かれ》らは、もとの3人組《にんぐみ》を模倣《もほう》して『松和尚《マツおしょう》』『梅お嬢《ウメおじょう》』『竹お坊《タケおぼう》』と名《な》のっています。絵画《かいが》の中《なか》のものをぬすんでは、それをほしがるコレクターに売《う》りさばき、あらかせぎする大悪党《だいあくとう》です」

「ふつうの絵画泥棒《かいがどろぼう》なら警察《けいさつ》も手《て》が出《だ》せるんだが、絵画《かいが》の中《なか》のものとなると、美術警察《びじゅつけいさつ》でなんとかするしかない……秘密《ひみつ》の機関《きかん》であることを逆手《さかて》にとった、悪質《あくしつ》な手《て》だ！」

ロマンが舌打《したう》ちをする。

「でも、まさか『三人吉三《さんにんきちさ》』が人《ひと》を誘拐《ゆうかい》するなんて……初《はじ》めてのことです」

「やばい人《ひと》たちなんですか？」

「いままで、いくつもの絵画《かいが》の中身《なかみ》が彼《かれ》らによってぬすまれてきました。そのたびに、足《あし》どりを追《お》っているのですが、いつも逃《に》げられてしまいます……」

そんな人《ひと》たちから、女《おんな》の子《こ》を救出《きゅうしゅつ》しなくちゃいけないんだ。

長官《ちょうかん》のきびしい表情《ひょうじょう》に、わたしもあせる。

「オレはうわさ程度《ていど》にしか聞《き》いたことがないけれど、『三人吉三《さんにんきちさ》』の中《なか》には、ユニベルサーレの人間《にんげん》がいるみたいだ」

「う、うそっ!?」

ユニベルサーレの力《ちから》を悪用《あくよう》してるってこと!?

「おそらく、そうでしょうね。絵《え》の中《なか》からぬすみとるということは、絵画《かいが》の中《なか》に干渉《かんしょう》できる能力《のうりょく》者《しゃ》がいると見《み》ていい。最低《さいてい》でも1人《ひとり》、最悪《さいあく》の場合《ばあい》、3人《にん》ともユニベルサーレだと考《かんが》えられます」

ユニベルサーレが3人《にん》!?

それを聞《き》いて、めまいがした。

いままで、絵《え》そのものを相手《あいて》にするだけで、てんてこまいだったのに。

マツ和尚《おしょう》に、ウメお嬢《じょう》に、タケお坊《ぼう》……。

能力《のうりょく》を持《も》ってる人間《にんげん》を3人《にん》も相手《あいて》にするなんて、かないっこない。

「こうなると、あなたたち2人《ふたり》のほかに、もう1人《ひとり》くらい戦力《せんりょく》になる人間《にんげん》がほしいですね……。こちらで手配《てはい》しておくので、明日《あした》またここにきてください」

「はい……」

「それと、『三人吉三《さんにんきちさ》』は、いつも隠《かく》れ家《が》のヒントをのこして去《さ》ります」

「ヒント？　見《み》つかったらこまるのに、どうして……」

「われわれ、美術警察《びじゅつけいさつ》を挑発《ちょうはつ》しているのです。おそらく『これだけ手《て》かげんしても、つかまえられないのか』ということでしょう。こちらで彼《かれ》らののこしたヒントが、美術館《びじゅつかん》の中《なか》にないか捜《さが》してみます」

8 エミにしかできない仕事《しごと》

翌日《よくじつ》は、あいにくの雨《あめ》だった。

いつものように学校《がっこう》へ行《い》くしたくをしていると、1階《かい》のお母《かあ》さんから声《こえ》をかけられた。

「エミー、あおいちゃんが」

「ごめーん！　いま行《い》くって言《い》って！」

わたしは1階《かい》まで聞《き》こえるように、声《こえ》をはりあげた。

「そうじゃないのよ。今日《きょう》は先《さき》に学校《がっこう》に行《い》く、って行《い》っちゃったわ」

「え、あ……そう」

べつに、バラバラに行《い》くのは初《はじ》めてじゃない。

あおいは学級委員《がっきゅういいん》だから、朝早《あさはや》くに登校《とうこう》しなきゃいけないときが、たまにあるんだ。

でも、そういうときは、きまって前日《ぜんじつ》の帰《かえ》りに、おしえてくれるんだけど。

「あっ……そうか」

昨日《きのう》は、あおいといっしょに帰《かえ》ってないんだ。

昨日《きのう》だけじゃなくて、おとといも……。

鬱々《うつうつ》とした雨《あめ》のせいで、足《あし》になまりがついてるみたいだった。

教室《きょうしつ》に入《はい》ると、キララが先《さき》に着《つ》いていた。

「おはよう、キララ」

「おはよ、エミちー」

キララが早《はや》く教室《きょうしつ》にいるなんてめずらしい。

いつも遅刻《ちこく》ギリギリなのに。

「あのさ、エミちー……」

キララはもじもじしていて、なんだからしくない。

「なに？　どうしたの？」

「うーん、あのさ、今日《きょう》はあたし、ちょっと部活《ぶかつ》に出《で》てもいいかな、って気分《きぶん》なんだけど」

「えっ！　ホント!?」

コクリとうなずくキララ。

「なんか、このままってよくないかなって。あたしなりに考《かんが》えてみたんだよ」

「よかった！　キララがそう言《い》ってくれて、うれしい」

雨《あめ》の憂鬱《ゆううつ》なんて、ふっとんじゃった。

ずっと、このままだったらどうしよう、って心配《しんぱい》だったんだ。

「でも、あおちー、くるかな？」

心配《しんぱい》そうに、キララはうつむく。

よし、ここはわたしがひと肌脱《はだぬ》ぐしかない！

「大丈夫《だいじょうぶ》！　かならずわたしがつれていくから。わたしも、いっしょに美術室《びじゅつしつ》につきそうし、今日《きょう》の放課後《ほうかご》、仲《なか》なおりしよう」

「エミちー……」

「だって、あおいも絶対《ぜったい》にキララと仲《なか》なおりしたいと思《おも》ってるもん」

そうだよ、だって友達《ともだち》なんだもん、わたしたち。

わたしは休《やす》み時間《じかん》に、となりのクラスのあおいのところにむかった。

「あおいっ！」

廊下《ろうか》から声《こえ》をかけると、教室《きょうしつ》にいたあおいがふりかえった。

席《せき》を立《た》って、あおいがこちらにくる。

「今朝《けさ》はごめんね、エミ。先《さき》に登校《とうこう》しちゃって」

「ううん。そんなのぜんぜん気《き》にしてないよ！」

「どうしたの、エミ？　なんだかウキウキしちゃって」

わたしはガシッとあおいの両手《りょうて》をにぎった。

「あおい！　今日《きょう》の放課後《ほうかご》、美術室《びじゅつしつ》にきてほしいの」

「美術室《びじゅつしつ》？」

「キララもくるよ」

あおいの手《て》がビクッとこわばるのを感《かん》じた。

「わたし、2人《ふたり》に仲《なか》なおりしてほしい。2人《ふたり》がケンカしてるのイヤだから。……あおいは関係《かんけい》ないって言《い》ったけれど、関係《かんけい》あるよ。わたしだって、2人《ふたり》の友達《ともだち》なんだもん」

「……わかったわ」

わたしの手《て》を、あおいが、そっとにぎりかえす。

「エミがそう言《い》うなら、キララと話《はな》してみる。私《わたし》もね、ちょっとこのままはイヤかなって思《おも》ってたのよ」

あおいが眉《まゆ》を八《はち》の字《じ》にしてほほ笑《え》んだ。

「でもね」

今度《こんど》は、わたしの目《め》をしかと見《み》つめる。

「約束《やくそく》よ。エミもきてね。私《わたし》たち2人《ふたり》とも意地《いじ》っぱりで、すぐに、またケンカしちゃうかもしれないから。軌道修正《きどうしゅうせい》たのむわよ」

そう言《い》って、あおいはバチッとウィンクする。

うっ！　すごく大切《たいせつ》な仕事《しごと》まかされちゃった。

……でも、ロマンはわたしならできるって言《い》ってた。

信《しん》じてみよう、ロマンの言葉《ことば》を、パートナーの言葉《ことば》を。

「うん、約束《やくそく》する。放課後《ほうかご》に教室《きょうしつ》で待《ま》ってて。わたし、むかえに行《い》くから」

その日《ひ》は、放課後《ほうかご》まで、ずっと緊張《きんちょう》していた。

ぐっとにぎった手《て》が汗《あせ》ばんでる……。でも、ここががんばりどころ。

わたしの行動《こうどう》に、あおいとキララの今後《こんご》の仲《なか》がかかってるんだ。

ロマンみたいに、明《あか》るく前向《まえむ》きになるんだ！

あおいをむかえに行《い》く前《まえ》に、わたしはカバンの中《なか》を見《み》た。

たよりっきりはだめだけど、すこし背中《せなか》を押《お》してもらうくらい、いいかな。

いま、ロマンにガツンとカツを入《い》れてほしい。

入《い》れてくれるよね、だっていつもわたしを応援《おうえん》してくれるもん。

そう思《おも》って、わたしはクロッキー帳《ちょう》をひらいた。

「エミっ」

ロマンがクロッキー帳《ちょう》の中《なか》からわたしを見《み》あげる。

「なかなかクロッキー帳《ちょう》をひらかないから、わすれてたのかと思《おも》ったぞ」

「ごめん、ごめん！　朝《あさ》から気持《きも》ちがいっぱい、いっぱいで」

「まぁ、いっぱい、いっぱいになるのもわかるけどな。エミはオレ以外《いがい》のやつと捜査《そうさ》をするのは初《はじ》めてなんだから」

「え」

「まぁ、どんなやつがきても、協力《きょうりょく》して誘拐《ゆうかい》された女《おんな》の子《こ》を連《つ》れ帰《かえ》るのみだけどな！」

「……あっ……！」

信《しん》じられない。

わたし、2人《ふたり》の仲《なか》なおりのことで、すっかり捜査《そうさ》のことわすれてた。

今日《きょう》もまた、美術館《びじゅつかん》に行《い》かなきゃいけないんだっけ。

どうしよう!!

「ロ、ロマン。……どうしても今日《きょう》じゃなきゃだめかな？」

「はぁ？　エミ、なに言《い》ってるんだよ」

「その……そうだよね、ごめんね。……なんでもない」

バカだ、わたし。

いろんなことで、頭《あたま》がいっぱいになってて……。

あおいとキララに、あやまってこよう。

「ちょっとだけ待《ま》ってて、ロマン。美術館《びじゅつかん》に行《い》く前《まえ》に、すこし用事《ようじ》があるの」

そう伝《つた》えて、わたしはクロッキー帳《ちょう》をふたたびカバンにもどした。

キララは、先《さき》に美術室《びじゅつしつ》に行《い》ってる。

わたしは、となりの教室《きょうしつ》へとむかった。

廊下《ろうか》へ出《で》てすぐ、あおいの姿《すがた》を見《み》かける。

「エミっ！　よかった。なかなか、むかえにこないから……どうしたのかと」

「ごめんっ!!」

誠心誠意《せいしんせいい》、頭《あたま》をさげる。

「ごめん、あおい！　わたし、今日美術部《きょうびじゅつぶ》に出《で》られないの……」

「どういうこと？」

「本当《ほんとう》にごめん。今日《きょう》の放課後《ほうかご》、用事《ようじ》があったの思《おも》いだして……」

わたしは頭《あたま》をさげつづけた。あおいは、だまってる。

「ぜんぜん気《き》にしてないわ。……としか私《わたし》は言《い》えないわよ。だって、今日《きょう》の朝《あさ》、私《わたし》もエミに同《おな》じことしちゃったもの」

「あおい……」

顔《かお》をあげると、あおいはひどく傷《きず》ついた顔《かお》をしていた。

「……ちがうよ。あおいは伝《つた》えるタイミングがなかっただけだし。でも、これはわたしがわるくって……わたしが、わるいの」

「エミ……キララに私《わたし》は今日《きょう》は部活《ぶかつ》に行《い》かないこと、伝《つた》えておいてくれる？」

「…………あおい」

2人《ふたり》で話《はな》しあって、仲《なか》なおりしてきて。

とは、言《い》えなかった。だって、わたしが約束《やくそく》したんだもん。『わたしもつきそうから部活《ぶかつ》に出《で》て』って。

あおいは、そのまま階段《かいだん》をおりて、昇降口《しょうこうぐち》へむかった。

わたしは、美術室《びじゅつしつ》にむかって走《はし》った。

美術室《びじゅつしつ》の扉《とびら》を開《あ》けると、キララが1人《ひとり》で待《ま》ちぼうけしていた。

「キララ……あのね」

わたしが声《こえ》をかけると、キララが大《おお》きく目《め》をひらく。

「エミちー、あたし見《み》たんだ」

キララの目《め》がうるんでいるのが、わかった。

「2人《ふたり》とも遅《おそ》いから、どうしたのかと思《おも》って、さっき廊下《ろうか》に出《で》てみたら……窓《まど》の外《そと》に下校《げこう》する

あおちーがいた。どういうこと？　あおちー、今日部室《きょうぶしつ》につれてくるって」

「ごめん、キララ。わたしがわるいの」

「あおちー……あたしと話《はな》すのもいやになっちゃったのかな」

「ちがうよ！　わたしがっ……」

キララの瞳《ひとみ》からは、いまにも涙《なみだ》がこぼれ落《お》ちそうだ。

わたしが傷《きず》つけたんだ。

キララのことも、あおいのことも。

「待《ま》ってても、あおちーこないんなら……あたし、もう帰《かえ》るね」

そう言《い》いのこしてキララは美術室《びじゅつしつ》を出《で》ていった。

「なんで……なんで、こうなっちゃったんだろう……」

ボロボロと涙《なみだ》が出《で》てきた。

雨《あめ》のいきおいが激《はげ》しくなって、自分《じぶん》の涙《なみだ》みたいだった。

小窓《こまど》から見《み》える裏庭《うらにわ》の池《いけ》は、大《おお》きく波打《なみう》ち、今日《きょう》も花《はな》が咲《さ》いてるのは見《み》えなかった。

9 おどろきの再会《さいかい》

家《いえ》には帰《かえ》らず、わたしはそのままの足《あし》で美術館《びじゅつかん》にむかった。

美術館《びじゅつかん》に着《つ》くと、展示会場《てんじかいじょう》でバロック長官《ちょうかん》が待《ま》っていた。

わたしを見《み》て、長官《ちょうかん》がすこし困惑《こんわく》したように目《め》を細《ほそ》める。

「目《め》のまわり、赤《あか》くなってますよ」

一瞬《いっしゅん》なんのことを言《い》われてるのかわからなかった。

自分《じぶん》のまぶたにふれてみると、泣《な》きはらした目《め》がほてっている。

「ここで待《ま》っててください」

そう言《い》い、バロック長官《ちょうかん》はどこかへ行《い》ってしまった。

ソファに座《すわ》って待《ま》っていると、数分《すうふん》で長官《ちょうかん》はもどってきた。

「これで冷《ひ》やしておきなさい。もうすぐ、いっしょに任務《にんむ》にあたる捜査官《そうさかん》がきますから、第一印《だいいちいん》象《しょう》がソレでは、あまりよくないでしょう」

長官《ちょうかん》がわたしに濡《ぬ》れタオルをさしだした。

目《め》にあてると、ひんやりとして気持《きも》ちがいい。

「クロッキー帳《ちょう》は持《も》ってきてるんですよね？」

「はい」

「それでは、これからいっしょに捜査《そうさ》してもらう捜査官《そうさかん》をつれてきます。そのときは、クロッキー帳《ちょう》を出《だ》してくださいね」

「はい」

ロマンにこんな顔《かお》を見《み》られたくないこと、バロック長官《ちょうかん》は理解《りかい》してくれたみたいだ。

来館者《らいかんしゃ》のいない展示会場《てんじかいじょう》は、とても静《しず》かだった。

目《め》が冷《ひ》やされると、頭《あたま》もおちついてきて、少《すこ》しずつ心《こころ》がやすまる。

しばらくして、トコトコと小《ちい》さな足音《あしおと》が聞《き》こえた。

近《ちか》くにだれかがいる気配《けはい》がする。

でも、すぐそこにいる感《かん》じじゃなくて、壁《かべ》を1枚《まい》へだてたような、みょうな距離感《きょりかん》。

「エミ……なんか、しょんぼりなの？」

すぐそばの壁《かべ》から声《こえ》が聞《き》こえる。声《こえ》と足音《あしおと》の主《ぬし》はポールくんだった。

また美術館《びじゅつかん》の中《なか》をウロチョロしてたのかな。

「うん……。ちょっとね」

「しょんぼりだから、目《め》をふさいでるの？」

「そうじゃないんだけど」

目《め》のまわりを冷《ひ》やしてたのが、目《め》かくしに見《み》えたみたい。

「目《め》をかくしたらだめだよ、エミ。つらいときこそ、目《め》をあけて！　いっしょに、ルノワールの絵《え》を見《み》よう？　『ムーラン・ド・ラ・ギャレットの舞踏場《ぶとうじょう》』好《す》きなんでしょ！　楽《たの》しい絵《え》だよ？」

「……ポールくん」

もしかして、わたしのこと元気《げんき》づけようとしてくれてる？

「絵《え》を見《み》たら、きっと幸《しあわ》せな気持《きも》ちになるよ。現実《げんじつ》につらいことがあったときこそ、絵《え》を見《み》るんだよ！　なぜなら……」

うしろから、ポールくんとはべつの声《こえ》がひびいた。

「――絵《え》は楽《たの》しくなくてはいけない。愛《あい》されるものでなくてはいけない。現実《げんじつ》には不愉快《ふゆかい》なことがとても多《おお》いから」

聞《き》き覚《おぼ》えのある声《こえ》。

わたしは、あわててタオルをはずして、ふりかえった。

「オーギュスト・ルノワールの言葉《ことば》だよ。赤城《あかぎ》さん」

「は、蓮見先輩《はすみせんぱい》!?」

声《こえ》の主《ぬし》は蓮見裕樹先輩《はすみゆうきせんぱい》だった。

「濡《ぬ》れタオルなんか目《め》にあてて、泣《な》きべそでもかいてたところ？　これは失礼《しつれい》」

あいかわらず、失礼《しつれい》だとは、みじんも思《おも》ってなさそうだ。

蓮見先輩《はすみせんぱい》のうしろには、バロック長官《ちょうかん》が立《た》っていた。

「2人《ふたり》とも、知《し》りあいだったんですか？」

長官《ちょうかん》は、すこしおどろいた様子《ようす》でたずねる。

「蓮見先輩《はすみせんぱい》とは同《おな》じ学校《がっこう》なんです」

でも、資料班《しりょうはん》の蓮見先輩《はすみせんぱい》がなんでここに？

なにか捜査《そうさ》のことで調《しら》べものでもあるのかな。

「なるほど。それでは、好都合《こうつごう》ですね」

そう言《い》って、バロック長官《ちょうかん》はあらためて、わたしたちの顔《かお》を交互《こうご》に見《み》た。

「これから蓮見巡査《はすみじゅんさ》が捜査《そうさ》に加《くわ》わります。なんとしても、３人《にん》で力《ちから》をあわせて、シャルパンティエ家《け》の令嬢《れいじょう》をつれもどしてください」

「えええええっ⁉　蓮見先輩《はすみせんぱい》が⁉」

「よろしく」

そう言《い》って、いつものニッコリスマイルの先輩《せんぱい》。

「な、なんでですか⁉　資料班《しりょうはん》の人《ひと》もいっしょに捜査《そうさ》することもあるんですか？　それに先輩《せんぱい》は体《からだ》が弱《よわ》いって……」

「彼《かれ》の美術《びじゅつ》に関《かん》する知識《ちしき》は目《め》を見《み》はるものがあります。機転《きてん》が利《き》き、冷静《れいせい》に分析《ぶんせき》ができて、判断力《はんだんりょく》もある。なにより、彼自身《かれじしん》から今回《こんかい》の捜査《そうさ》に参加《さんか》したいとの希望《きぼう》がありまして」

「き、希望《きぼう》？」

なんで蓮見先輩《はすみせんぱい》が、わたしたちと捜査《そうさ》をしたがるの？

だって、わたしのことも散々《さんざん》に言《い》ってたし、ロマンとの関係《かんけい》もよくなかったみたいだし……。

「ゴホッ、ゴホッ」

蓮見先輩《はすみせんぱい》がとつぜんせきこんだ。

「先輩《せんぱい》っ、大丈夫《だいじょうぶ》ですか？」

また、体調《たいちょう》がわるいのかもしれない。わたしは、先輩《せんぱい》に駆《か》けよった。

「ゴホッ、ゴホッ……赤城《あかぎ》さん、ボクがいると不都合《ふつごう》？」

バロック長官《ちょうかん》に聞《き》こえないような、小《ちい》さな声《こえ》で先輩《せんぱい》が言《い》った。

「え？」

「だって、ここでボクのほうが活躍《かつやく》して、赤城《あかぎ》さんはロマンのパートナーに向《む》いてない、なんて言《い》われたら、こまるもんね」

「な！」

もしかして、先輩《せんぱい》。わたしのことを引《ひ》きずりおろすために、捜査《そうさ》に参加《さんか》するつもり⁉

「べ、べつに、かまいません！　先輩《せんぱい》がいても平気《へいき》です！」

わたしはキッと先輩《せんぱい》を見《み》る。

「それじゃあ、オッケーってことだね。よろしくね、赤城《あかぎ》さん」

「……よろしくお願《ねが》いします！」

先輩《せんぱい》に負《ま》けてたまるか！　そう思《おも》ってわたしは片手《かたて》をのばした。

なんでかわからないけれど、先輩《せんぱい》はわたしに敵意《てきい》を向《む》けてるみたいだ。

蓮見先輩《はすみせんぱい》は、いつもの調子《ちょうし》にもどってわたしの手《て》を軽《かる》くにぎりかえす。

——そうだ。ロマンも顔《かお》あわせをするんだ。

わたしは、クロッキー帳《ちょう》をひらく。

「もう1人《ひとり》、先輩《せんぱい》にはこないだ言《い》いましたけれど、わたしのパートナーです」

ロマンと蓮見先輩《はすみせんぱい》がむかいあわせに対峙《たいじ》する。

ロマンは、蓮見先輩《はすみせんぱい》が助《すけ》っ人《と》だと知《し》っておどろいてるみたいだった。

「ひさしぶりだね、ロマン？」

「ああ……ひさしぶり」

先輩《せんぱい》に変《か》わった様子《ようす》はない。

一方《いっぽう》ロマンは目《め》をそらした。なにかうしろめたいことでもあるように。

「蓮見《はすみ》、美術警察《びじゅつけいさつ》になったんだな。知《し》らなかったよ」

「へーっ。ボクがいつまでも候補生《こうほせい》だと思《おも》ってたんだ？」

「そうじゃない……」

「制服《せいふく》にあってるね。まさかロマンが美術警察《びじゅつけいさつ》でこんなに活躍《かつやく》してるなんて……ボクに連絡《れんらく》をくれないわけだ」

「おまえを裏切《うらぎ》ったこと、すまないと思《おも》ってる……それで」

「それで？」

「…………」

気《き》まずい沈黙《ちんもく》。

「なんか空気《くうき》ワル——ッイ」

壁《かべ》にいたポールくんが、露骨《ろこつ》にいやな顔《かお》をした。

わ、わたしもそう思《おも》う……。

こんなんで、三人吉三《さんにんきちさ》見《み》つけられるのかなー!?

★10 デコボコ4人組《にんぐみ》の捜査開始《そうさかいし》!

「……隠《かく》れ家《が》のヒントのほうですが、まだ見《み》つかってません」

長官《ちょうかん》がもうしわけなさそうに、頭《あたま》をさげた。

「そうですか」

「もしかしたら、まだ絵《え》の中《なか》にあるのかもしれないな。こっちで捜《さが》してみるよ」

「たのみます。私《わたし》はべつの案件《あんけん》でこの場《ば》をはなれますが、なにかあったら連絡《れんらく》してください」

そう言《い》って、バロック長官《ちょうかん》はチラリと先輩《せんぱい》を見《み》た。

「くれぐれも、体《からだ》に無理《むり》はしないように」

「はい」

先輩《せんぱい》が短《みじか》く返事《へんじ》をすると、長官《ちょうかん》は去《さ》っていった。

「いま話《はな》してた『ヒント』ってなんのこと?」

蓮見先輩《はすみせんぱい》がたずねる。

「長官《ちょうかん》の話《はなし》によると、三人吉三《さんにんきちさ》はいつも隠《かく》れ家《が》のヒントをのこしてから去《さ》るみたいです」

「こちらをからかってるのか……いやな相手《あいて》だね」

「オレが絵《え》の中《なか》に入《はい》って、捜《さが》してくる。2人《ふたり》はここで待《ま》っててくれ……」

ロマンがそう言《い》うと、ポールくんがすっと手《て》をあげた。

「ヒントなら、ここにあるよ！　じゃーん!!」

「ええ!?」

ポールくんの手《て》には小《ちい》さな箱《はこ》が載《の》っていた。

「ちょっと、ポールくん。それどこにあったの？」

「『シャルパンティエ夫人《ふじん》とその子《こ》どもたち』の絵《え》の中《なか》だよ！　三人吉三《さんにんきちさ》のいなくなったあと、これがおいてあったんだ」

「ちよ、そういうのは、ちゃんと美術警察《びじゅつけいさつ》に引《ひ》きわたしてくれなきゃだめだよ！」

「だって、これをわたしたら、ぼくは留守番《るすばん》してろって言《い》われるでしょ」

「留守番《るすばん》って……まさか、この先《さき》も、ついてくるつもりなの!?」

「トーゼン！」

ふんっ、とポールくんは胸《むね》をはる。

「ポールは絵《え》だろ。ちゃんと美術館《びじゅつかん》で留守番《るすばん》しててくれよ。オレたちでかならず解決《かいけつ》するから。ほら」

ロマンが、そう言《い》って手《て》をさしだした。

それでも、ポールくんは箱《はこ》をわたさない。

「ポール、ボクたちの言《い》うことをききなよ。キミみたいな子《こ》どもを捜査《そうさ》につれていくわけにはいかない」

先輩《せんぱい》も説得《せっとく》する。

それにも応《おう》じず、ポールくんは箱《はこ》を服《ふく》の中《なか》にかくした。

「ヤダヤダヤダーッ！　ぼくもいくんだもん！　つれてくって約束《やくそく》しなきゃこの箱《はこ》はわたさない」

「そ、そんなぁ……」

両手《りょうて》をばたつかせて床《ゆか》でゴロゴロするポールくん。

本当《ほんとう》に、文字通《もじどお》り『床《ゆか》』でゴロゴロしてる……。

「ねえ、エミ。エミならつれてってくれるでしょ、ぼくのこと」

そう言《い》ってポールくんはうるうるとした目《め》でわたしを見《み》つめた。

「ポールくん、どうしてそこまで捜査《そうさ》につれていってほしいの？」

「それはね……えーと、その、と、とりかえすため！」

「取《と》りかえすって、誘拐《ゆうかい》された女《おんな》の子《こ》を？」

「そ……そうそう！　ぼく、あの女《おんな》の子《こ》に、ひとめぼれしちゃったの！」

　ええっ⁉

たしかにあの部屋《へや》にいたお姉《ねえ》さんもかわいかったから、妹《いもうと》もかわいい子《こ》なんだろうけど。

「だから、ぼくは自分《じぶん》の手《て》で、あの子《こ》を助《たす》けたいの！」

「気持《きも》ちはわかるよ。でもさ……」

するとしくしく目《め》をこすりはじめるポールくん。

「ぐすん。エミなら……ぼくのキモチ、おうえんしてくれると思《おも》ったのに」

恋《こい》した女《おんな》の子《こ》が目《め》の前《まえ》で誘拐《ゆうかい》されてしまった……なにもできなかったポールくん……。

その姿《すがた》を想像《そうぞう》したら、急《きゅう》に胸《むね》の奥《おく》がじんと熱《あつ》くなった。

「──ポールくん！　わたし、ポールくんの恋《こい》を応援《おうえん》する！」

「えっ！　赤城《あかぎ》さん、とつぜん、なに言《い》ってるの⁉」

「先輩《せんぱい》、わかりませんか。好《す》きな人《ひと》のために、いてもたってもいられない気持《きも》ち」

「わからないよ。ボクべつに好《す》きな子《こ》とかいないし。ねえ、ロマン、赤城《あかぎ》さんはなにを言《い》ってるの？」

「うーん……。エミはちょっと、人《ひと》の気持《きも》ちに入《い》れこみやすいところがあるんだ」

「人《ひと》の気持《きも》ちに入《い》れこみやすい？」

「マンガを読《よ》んで笑《わら》ったり、つられて泣《な》いたり。とりわけ少女《しょうじょ》マンガの恋愛《れんあい》ものに関《かん》しては完全《かんぜん》に主人公《しゅじんこう》の気持《きも》ちになって読《よ》んでるみたいなんだ」

「それでポールの気持《きも》ちになったってこと!? いくらなんでも、おかしいでしょ！」

2人《ふたり》の会話《かいわ》なんて耳《みみ》に入《はい》らず。

わたしはポールくんと約束《やくそく》の指《ゆび》きりをした。壁《かべ》越《ご》しだから指先《ゆびさき》でちょんとふれるだけだけど。

「赤城《あかぎ》さん……本当《ほんとう》に正気《しょうき》なの？」

蓮見《はすみ》先輩《せんぱい》は、けげんな顔《かお》をする。

「大《おお》まじめですよ！　愛《あい》する人《ひと》を救《すく》うために戦《たたか》う、この騎士様《ナイトさま》に協力《きょうりょく》してあげましょう」

わたしの中《なか》で、ぐんぐんイメージがひろがってた。

高《たか》い塔《とう》のてっぺんにとらわれた、水色《みずいろ》と白《しろ》のドレスを着《き》た少女《しょうじょ》。それを助《たす》ける騎士《ナイト》のポールくん……！

「騎士様《ナイトさま》だって！　うれしいな」

ポールくんが照《て》れたように、両手《りょうて》で自分《じぶん》の頬《ほお》にふれた。

「蓮見《はすみ》。どっちにしろ、オレたちが『うん』と言《い》うまで、ポールはヒントを見《み》せてくれないんだ」

「ロマン、キミまで……。はぁ、しかたないなぁ」

やれやれ、と先輩《せんぱい》が肩《かた》で息《いき》をつく。

先輩《せんぱい》が了承《りょうしょう》したところで、ポールくんがふところから箱《はこ》を取《と》りだした。

箱《はこ》の中《なか》には絵《え》の描《か》いてあるカードが入《はい》っている。

「それは……ポストカード？」

わたしと先輩《せんぱい》にも見《み》やすいように、ロマンが1枚《まい》ずつカードを壁《かべ》にならべてみせた。

「ここに描《か》かれてるのは……**歌川広重**《うたがわひろしげ》の**『名所江戸百景』**《めいしょえどひゃっけい》だ」

蓮見先輩《はすみせんぱい》がつぶやいた。

はてな？　という顔《かお》をしているわたしに、先輩《せんぱい》が補足《ほそく》してくれる。

「『名所江戸百景《めいしょえどひゃっけい》』とは江戸《えど》の風景《ふうけい》を描《か》いた浮世絵《うきよえ》だよ。そのポストカードみたいだね」

「江戸《えど》って、いまの東京《とうきょう》ですよね」

「うん。現代《げんだい》にものこってる景色《けしき》があると思《おも》うよ」

1枚《まい》ずつならべられていくカードに、ポールくんは興味《きょうみ》しんしんみたいだ。

もしかして、日本《にほん》の絵《え》が好《す》きなのかな？

「んっ。文字《もじ》が書《か》いてある紙《かみ》があったぞ」

そう言《い》って、ロマンが箱《はこ》から紙《かみ》を取《と》りだした。

「なになに……**『ぬすんだ物《もの》、描《えが》きし者《もの》、住《す》みし処《ところ》、類《るい》する処《ところ》に答《こた》えあり』**」

ロマンが書《か》かれた文字《もじ》を読《よ》みあげる。

ロマンの美術解説《びじゅつかいせつ》 もっと

名所江戸百景《めいしょえどひゃっけい》

『東海道五十三次《とうかいどうごじゅうさんつぎ》』などで有名《ゆうめい》な、**江戸時代《えどじだい》の画家《がか》**が、**歌川広重《うたがわひろしげ》**。たくさんの名所《めいしょ》を描《か》いてきた**浮世絵師《うきよえし》**だぞ！

この作品《さくひん》は、**春夏秋冬《しゅんかしゅうとう》**の4つの部《ぶ》に分《わ》けられていて、ぜんぶで**118枚《まい》**もあるんだ。

亡《な》くなる年《とし》までずっと描《か》きつづけていたという**『名所江戸百景《めいしょえどひゃっけい》』**、歌川広重《うたがわひろしげ》の**名所絵《めいしょえ》の集大成《しゅうたいせい》**とも言《い》える作品《さくひん》だな。

そのうちの1つ**『亀戸天神境内《かめいどてんじんけいだい》』**は、かつての将軍《しょうぐん》も訪《おとず》れたほどの、**藤《ふじ》の花《はな》の名所《めいしょ》**。

んんっ!? よく見《み》ると、**太鼓橋《たいこばし》**のむこうには、**花見《はなみ》**を楽《たの》しんでいる人《ひと》が描《か》かれているぞ！

写真提供：ユニフォトプレス

「1つ目《め》の『ぬすんだ物《もの》』っていうのは、シャルパンティエ家《け》の女《おん》の子《こ》ってことだね」

蓮見先輩《はすみせんぱい》が確認《かくにん》すると、ロマンがうなずく。

「そうなると、2つ目《め》の『描《え》きし者《もの》』は作者《さくしゃ》のルノワール、ってところだな」

「『住《す》みし処《ところ》、類《るい》する処《ところ》』は、ルノワールの家《いえ》に、似《に》たような場所《ばしょ》を指《さ》しているみたいだ」

ロマンは、ならべられたカードをざっとながめる。

「つまり……この中《なか》から、ルノワールの家《いえ》に似《に》た風景《ふうけい》を探《さが》せ、と」

「その場所《ばしょ》に、つれ去《さ》られた女《おんな》の子《こ》がいるってことかもね」

蓮見先輩《はすみせんぱい》とロマンは、さくさく推理《すいり》を進《すす》める。まるでずっと2人《ふたり》でコンビだったみたいだ。

わたし、2人《ふたり》を見《み》てることしかできない……。

わたしも捜査《そうさ》に参加《さんか》したいけど、ルノワールの家《いえ》なんて知《し》らないよ～!

「ルノワールの家《いえ》って、どんな家《いえ》なのかなぁ」

「オレは行《い》ったことあるけど」

「えっ!?　ルノワールの家《いえ》に!?」

わたしは、びっくりして食《く》いついた。

「赤城《あかぎ》さん、知《し》らないみたいだけれど、フランスにあるルノワールの家《いえ》の跡地《あとち》は美術館《びじゅつかん》になってるんだよ」

先輩《せんぱい》がおしえてくれる。

へえー。ロマン、フランスの美術館《びじゅつかん》にも行《い》ったことがあるんだ。

「資料班《しりょうはん》とちがって、捜査班《そうさはん》はあっちこっちの美術館《びじゅつかん》に任務《にんむ》で呼《よ》ばれるからね。そのうえ、長官《ちょうかん》様《さま》の息子《むすこ》ときたら、さぞかし重宝《ちょうほう》されただろうね」

ロマンがショックを受《う》けた顔《かお》で蓮見先輩《はすみせんぱい》を見《み》た。

「……蓮見《はすみ》。おまえ、前《まえ》は親父《おやじ》のことを言《い》ったりしなかったのに……」

また、2人《ふたり》の間《あいだ》の空気《くうき》がピリッとした。

わたしはあわてて2人《ふたり》の間《あいだ》に入《はい》る。

「でも、行《い》ったことがあるならわかるよね？　ロマン、この中《なか》にルノワールの家《いえ》に似《に》た風景《ふうけい》はある？」

「似《に》た風景《ふうけい》、って言《い》っても、フランスの洋館《ようかん》だぞ？　江戸時代《えどじだい》に似《に》たような建物《たてもの》なんて……ましてや、この量《りょう》から探《さが》すなんて」

壁《かべ》にならべ終《お》えたカードは、思《おも》ったよりも、たくさんある。

この壁《かべ》の一角《いっかく》だけでも、ミニ浮世絵《うきよえ》の展示会場《てんじかいじょう》みたいになった。

「こ、こんなに候補《こうほ》があるの!?」

「赤城《あかぎ》さん、『名所江戸百景《めいしょえどひゃっけい》』はぜんぶあわせて**118種類《しゅるい》**あるんだ」

100枚以上《まいいじょう》の中《なか》から探《さが》しだすなんて、骨《ほね》がおれるなぁ……。

ロマンは近《ちか》づいたり、遠《とお》ざかったり、1枚《まい》1枚《まい》カードを見《み》ていく。

「うーん……どれも、いかにも江戸《えど》ってかんじだな」

大《おお》きなちょうちんがさがっている町並《まちな》み。のれんのさがっているお店《みせ》。富士山《ふじさん》が見《み》える河岸《かわぎし》。

150年以上前《ねんいじょうまえ》のフランスに、これと似《に》たような景色《けしき》があるとは考《かんが》えにくい。

「あっ!」

とつぜん、ポールくんが声《こえ》をあげる。

「どうしたの?」

「この橋《はし》! この橋《はし》! ぼく、この美術館《びじゅつかん》の中《なか》で同《おな》じの見《み》たよ!」

ポールくんは、興奮気味《こうふんぎみ》に1枚《まい》のカードを指《ゆび》さす。

『名所江戸百景《めいしょえどひゃっけい》 亀戸天神境内《かめいどてんじんけいだい》』

池《いけ》の上《うえ》に、弧《こ》をえがいた橋《はし》がかかっている絵《え》だ。

「この美術館《びじゅつかん》の中《なか》って、『モネ・ルノワール展《てん》』の会場《かいじょう》で?」

元気《げんき》よくうなずくと、ポールくんは、遠《とお》くを指《ゆび》さした。

「ほら、あれ！」

ポールくんが指《さ》ししめした先《さき》の壁《かべ》には1枚《まい》の絵《え》が、かざられている。

「！　そっくりだ！」

そこに、かざられていたのは、『亀戸天神境内《かめいどてんじんけいだい》』と、よく似《に》た橋《はし》の絵画《かいが》だった。

「あの太鼓橋《たいこばし》が描《か》かれた絵画《かいが》は『睡蓮《すいれん》の池《いけ》』というタイトルだ。たしか、画家《がか》が自分《じぶん》の家《いえ》の庭《にわ》を描《か》いた絵《え》だったな……」

『睡蓮《すいれん》の池《いけ》』は、木《き》の橋《はし》がかかっている庭《にわ》の絵《え》だった。

太鼓橋《たいこばし》という名前《なまえ》のとおり、半円《はんえん》をえがく橋《はし》の様子《ようす》は楽器《がっき》の太鼓《たいこ》みたい。

自分《じぶん》の家《いえ》の庭《にわ》を描《か》いた絵《え》……ってことは、あれがルノワールの家《いえ》？

ルノワールの家《いえ》に似《に》てる場所《ばしょ》っていうのは、亀戸天神《かめいどてんじん》!?

「このカメイドテンジンってとこにいけば、犯人《はんにん》がつかまえられるんじゃないかな？」

ポールくんが首《くび》をかしげた。

「すごい、すごい！　ポールくんすごい！」

「まーね！」

ポールくんは、得意《とくい》げに頭《あたま》をかく。

「『睡蓮《すいれん》の池《いけ》』ならオレも知《し》ってる……でも、あの絵《え》は」

ロマンがなにか言《い》いかけたところで、パチパチと手《て》をたたく音《おと》がさえぎった。

「やーっ。すごい、すごい。お見事《みごと》、小《ちい》さな騎士様《ナイトさま》？」

にこりと笑《わら》った蓮見先輩《はすみせんぱい》が拍手《はくしゅ》をしていた。

「たしかに、当時《とうじ》のフランスでは日本《にほん》ブームだったと聞《き》いたことがあるよ。でも、まさかルノワールの家に日本《にほん》の橋《はし》があるなんてねぇ」

「え、えっと……ルノワールは日本《にほん》が好《す》きだったんだと、思《おも》う。ぼくも、よく知《し》らないけど」

とつぜん、しどろもどろに答《こた》えるポールくん。

「……ふーん。じゃあ、ポールの言《い》うとおり亀戸天神《かめいどてんじん》に行《い》ってみようか。まずは場所《ばしょ》の確認《かくにん》をしよう。赤城《あかぎ》さん、地図《ちず》を借《か》りてこよう」

「あ、はい」

サクサクと歩《ある》きだす蓮見先輩《はすみせんぱい》。

「そうだ。ロマン、さっきなにか言《い》おうとしてなかった？」

壁《かべ》の中《なか》にいる、ロマンにたずねる。

「いや、なんでもない……。オレのかんちがいだったみたいだ」

「そう？　ならいいけど」

わたしは先輩《せんぱい》のあとをついて歩《ある》いた。

「……『睡蓮《すいれん》の池《いけ》』は、ルノワールじゃなくて、モネの絵だったはずだ。……資料班《しりょうはん》の蓮見《はすみ》がそれを知《し》らないはずないのに、どういうことだ？」
ロマンのひとり言《ごと》は、わたしたちの耳《みみ》には入《はい》らなかった。

11 理想《りそう》のパートナー

地図《ちず》で調《しら》べてみると、美術館《びじゅつかん》から亀戸天神《かめいどてんじん》までバスで20分程度《ぷんていど》だった。

外《そと》の雨《あめ》は、いつのまにかやんでいる。

「今日《きょう》、このまま行《い》こうか」

先輩《せんぱい》の提案《ていあん》にしたがい、わたしたちは、最寄《もよ》りのバスターミナルにむかった。

ポールくんは、ロマンといっしょにクロッキー帳《ちょう》の中《なか》にいる。

「えーっと。亀戸天神《かめいどてんじん》行《い》きは、どこに乗《の》ったらいいんだろう」

キョロキョロと看板《かんばん》を見《み》ていると、近《ちか》くを回送《かいそう》のバスが通《とお》った。

「あのバスに聞《き》いてみよう。……すみません！」

そう声《こえ》をかけて先輩《せんぱい》が片手《かたて》をあげる。

バスが止《と》まって、中《なか》から運転手《うんてんしゅ》のおじさんが出《で》てきた。

「おう、どうしたんだい？」

かっぷくのいい、話《はな》しやすそうなおじさんだ。

亀戸天神《かめいどてんじん》まで行《い》きたいんです。何番《なんばん》のバスに乗《の》ったらいいですか？」

「それなら5番乗《ばんの》り場《ば》だ。2人《ふたり》で行《い》くのかい？」

そう言《い》って、運転手《うんてんしゅ》のおじさんはわたしと先輩《せんぱい》を交互《こうご》に見《み》る。

そりゃあ、ふつうは2人《ふたり》に見《み》えるよね。

「はは〜ん、なるほどね。……しかし、神社《じんじゃ》にデートなんてイマドキしぶいね、おふたりさん」

「デ、デートォ⁉」

まさか、わたしと先輩《せんぱい》が⁉

つきあってるって、かんちがいされてる⁉

本当《ほんとう》は4人《にん》だってことを説明《せつめい》したいんだけど、ああ、どうしたら伝《つた》えられるのか。

クロッキー帳《ちょう》の中《なか》を、見《み》せるわけにはいかないし。

「はい。おしえていただき、ありがとうございます。それでは」

早口《はやくち》で感謝《かんしゃ》をつげると、先輩《せんぱい》は早歩《はやある》きで5番乗《ばんの》り場《ば》へむかった。

「ちょっ、ちょっと。蓮見先輩《はすみせんぱい》！」

わたしはいそいで、そのうしろを追《お》いかける。

「なに？」

先輩《せんぱい》がふりかえる。

「ヘンなこと言《い》わないでください！　蓮見先輩《はすみせんぱい》のせいで、運転手《うんてんしゅ》さんに誤解《ごかい》されたままじゃないですか！」

「なんだ、そんなこと」

はぁ、と先輩《せんぱい》はおおげさにため息《いき》をついた。

「じゃあ、なに。**じつはクロッキー帳《ちょう》の中《なか》にもう2人《ふたり》いるんで、全員《ぜんいん》で4人《にん》です。デートじゃありません。この子《こ》が好《す》きなのは、クロッキー帳《ちょう》の中《なか》にいる少年《しょうねん》です。**とでもボクは説明《せつめい》すればよかったの？」

どこ吹《ふ》く風《かぜ》で、蓮見先輩《はすみせんぱい》はさらりと言《い》ってのける。

「すす好《す》きって!?　きゅ、急《きゅう》になにを言《い》いだすんですか！」

あわててカバンのチャックが閉《し》まっていたかを確認《かくにん》する。

ち、ちゃんと閉《し》まってる！　じゃあ、いまのロマンには聞《き》こえてないよね!?

「大丈夫《だいじょうぶ》だよ。さっきから、ロマンはブツブツとひとりで考《かんが》えごとしてるみたいだったし。こっちの声《こえ》なんて聞《き》こえてないでしょ」

そ、そうかな……。そうだといいんだけれど。

「でも、わたしがだれを好《す》きかとか関係《かんけい》なくですね。人《ひと》のかんちがいをほうっておくの、なんか気持《きも》ちわるいです」

「そう思《おも》ってる人間《にんげん》にとっては、そうなんだ。わざわざ訂正《ていせい》する必要《ひつよう》をかんじないね、ほうっておけばいいよ」

エンジン音《おん》と同時《どうじ》に、こちらへむかってくるバスが見《み》えた。

「……あれだね、ボクたちが乗《の》るバス」

わたしたちは、目的《もくてき》のバスに乗《の》りこんだ。

雲《くも》のすきまから、ほんのりと日《ひ》がさしている。

窓《まど》ぎわの席《せき》に座《すわ》った蓮見先輩《はすみせんぱい》は、ぼーっと外《そと》の様子《ようす》を見《み》ていた。

「そう思《おも》ってる人間《にんげん》にとっては、そうなんだ……かぁ」

「納得《なっとく》いかないようだね」

先輩《せんぱい》はぐるっと首《くび》をまわして、いつもの貼《は》りついたような笑《え》みをわたしに向《む》けた。

ひえっ！　いつのまにか声《こえ》に出《で》てた！

わ、わたし最近《さいきん》つかれてるのかな……こないだも、こんなことがあったような。

「ボクの考《かんが》えが、気《き》にいらない？　ケンカなら買《か》ってあげるよ。でも体力《たいりょく》には自信《じしん》がないから、口《くち》ゲンカオンリーね」

「ケンカなんか売《う》りません！　でも、誤解《ごかい》はといてほしいです」

わたしはカバンのチャックが完全《かんぜん》に閉《し》まってるのを確認《かくにん》した。

念《ねん》のため、カバンの上《うえ》に上着《うわぎ》もかぶせておこう。これで防音《ぼうおん》は、ひとまず安心《あんしん》。

「……わたし、大切《たいせつ》な友達《ともだち》が2人《ふたり》いるんです。でも、その2人《ふたり》が、いまケンカしていて……せっかく仲《なか》なおりできそうだったのに、わたしがよけいな誤解《ごかい》をさせて、もっと傷《きず》つけちゃったから」

「……それで？」

「さっき先輩《せんぱい》が言《い》ったのって、ロマンのことと関係《かんけい》があるんですか？」

「そう聞《き》こえた？」

「すこし気《き》になってたんですけれど、ロマンが先輩《せんぱい》のことを『裏切《うらぎ》った』って言《い》っただけで、先《せん》輩《ぱい》はロマンのこと『裏切《うらぎ》り者《もの》』なんて言《い》ってませんよね」

さっき、息《いき》のあった2人《ふたり》の推理《すいり》を見《み》て思《おも》った。

『推理《すいり》ができて、美術《びじゅつ》にもくわしい、ロマンの助《たす》けになれるパートナー』。

わたしがなりたいのって先輩《せんぱい》みたいな人《ひと》だ。

だから2人《ふたり》は、きっとすごくいいコンビだったはず。

「先輩《せんぱい》、本当《ほんとう》はロマンのこと裏切《うらぎ》り者《もの》だなんて思《おも》ってないんじゃないですか？」

初《はじ》めて会《あ》ったときも先輩《せんぱい》は「ロマンは元気《げんき》？」って、気《き》にかけていたもん。

「誤解《ごかい》なら、ちゃんと、といてください！　ちゃんと仲《なか》なおりしてほしいです」

「……」

先輩《せんぱい》は体《からだ》の向《む》きを変《か》えて、わたしを見《み》た。

「カバン、ちゃんと閉《し》めてる？」

「はい」

先輩《せんぱい》に貼《は》りついている、笑顔《えがお》のお面《めん》がはがれる。

「美術警察《びじゅつけいさつ》において、資料班《しりょうはん》がどういう役割《やくわり》か、キミは知《し》ってる？」

「えーと……わたしたちの捜査《そうさ》をサポートしてくれる、縁《えん》の下《した》の力持《ちからも》ちだって」

ロマンがおしえてくれた。

歴史《れきし》や文化《ぶんか》、画家《がか》のプロフィール、美術《びじゅつ》に関《かん》するさまざまな知識《ちしき》を、資料班《しりょうはん》は持《も》っている。

それらは、わたしたちが捜査《そうさ》をするうえで、とても役《やく》に立《た》っているって。

「そう思《おも》う人《ひと》もいるけどね、『資料班《しりょうはん》は捜査《そうさ》に参加《さんか》させてもらえない落《お》ちこぼれ』っていう人《ひと》もいるんだ」

「なんで!?　資料《しりょう》の提供《ていきょう》だって、捜査《そうさ》のうちのひとつじゃないですか」

「キミはユニベルサーレだから、試験《しけん》なんかなかっただろ？」

先輩《せんぱい》の目《め》がスッと冷《つめ》たくなった。

「特殊能力《とくしゅのうりょく》を持《も》ってなくても、美術《びじゅつ》を守《まも》る手助《てだす》けがしたい……そういう人間《にんげん》は、試験《しけん》を受《う》けてまで美術警察《びじゅつけいさつ》に入《はい》る。そこまでの情熱《じょうねつ》があっても、現場《げんば》に参加《さんか》させてもらえる一般人《いっぱんじん》は限《かぎ》られてるんだよ……ゴホッゴホッ」

先輩《せんぱい》がまたせきこんだ。

「大丈夫《だいじょうぶ》ですか、先輩《せんぱい》」

「これくらい平気《へいき》。いつも、ひどいときは、もっとひどいんだ」

苦《くる》しそうな先輩《せんぱい》を見《み》て、背中《せなか》をさすろうと、

わたしは手《て》をのばした。

先輩《せんぱい》は、わたしの手《て》をいつもの笑顔《えがお》みたいにやんわりと拒絶《きょぜつ》した。

「ひ弱《よわ》で戦力《せんりょく》にならないボクは資料班《しりょうはん》がおにあいなんだ」

かすれた声《こえ》で、先輩《せんぱい》はつづける。

「ひとつ、おしえてあげる。ロマンとボクは、美術警察《びじゅつけいさつ》に入《はい》っていっしょに捜査《そうさ》することを約束《やくそく》した。でも、ボクをおきざりにロマンは1人《ひとり》で合格《ごうかく》して捜査官《そうさかん》になった。キミに聞《き》くまで、ボクが合格《ごうかく》したことも知《し》らなかったはず……だから、ロマンは、自分《じぶん》を裏切《うらぎ》り者《もの》だと言《い》うんだよ」

行《い》き場《ば》のないわたしの手《て》は、クロッキー帳《ちょう》の入《はい》ったカバンをギュッと抱《だ》きしめた。

12 江戸時代《えどじだい》のクイズ!?

ボクは、小《ちい》さいころから体《からだ》が弱《よわ》かった。

ちょっと動《うご》くだけでせきが出《で》るし、太陽《たいよう》の光《ひかり》にあたるとクラクラした。

だから小学生《しょうがくせい》のころ、体育《たいいく》の時間《じかん》は、いつも日《ひ》かげで休《やす》んでいた。

本当《ほんとう》は、ボクも太陽《たいよう》の下《した》でめいっぱい日《ひ》の光《ひかり》をあびたいのに……。

そんなボクを、両親《りょうしん》はよく美術館《びじゅつかん》へつれていってくれた。

『ムーラン・ド・ラ・ギャレットの舞踏場《ぶとうじょう》』

まぶしく、さしこむ木漏《こも》れ日《び》。

食事《しょくじ》をして、陽気《ようき》に踊《おど》って、自分自身《じぶんじしん》が太陽《たいよう》になったみたいに、まぶしい笑顔《えがお》で話《はな》す人《ひと》たち。

そんな絵《え》を見《み》ていると、ボクもその中《なか》にいるみたいだった。

ボクは、すぐに美術《びじゅつ》が好《す》きになった。

美術警察《びじゅつけいさつ》の存在《そんざい》を知《し》って、志願《しがん》するまで時間《じかん》はかからなかった。

美術警察《びじゅつけいさつ》の志願者《しがんしゃ》があつまった部屋《へや》。

そこは年上《としうえ》ばかりで、年《とし》の近《ちか》い子《こ》は1人《ひとり》だけだった。

近《ちか》づいて話《はな》しかけようとしたら、その子《こ》のほうが先《さき》にふりむいた。

少年《しょうねん》がボクの姿《すがた》におどろいたのと同時《どうじ》に、ボクは少年《しょうねん》の姿《すがた》におどろいた。

その子《こ》の両目《りょうめ》に、太陽《たいよう》の宝石《ほうせき》——ペリドットがつまってるのかと思《おも》ったから。

「もし、よかったら、となり座《すわ》っていい？」

声《こえ》をかけると、少年《しょうねん》はボクに席《せき》を空《あ》けてくれた。

「もちろんだ！　じつは、すこし緊張《きんちょう》してたんだ」

へへっ、と鼻《はな》をこすりながら、少年《しょうねん》はいたずらっぽく笑《わら》った。

太陽《たいよう》がそのまま人《ひと》になって、あらわれたような笑顔《えがお》だった。

ボクは、この子《こ》と友達《ともだち》になりたいと思《おも》ったんだ。

「ねえ、キミの好《す》きな画家《がか》は？」

「好《す》きな画家《がか》？　そんなの、べつにいないけど」

「えっ⁉　じゃあ、なんで美術警察《びじゅつけいさつ》に入《はい》ろうと思《おも》ったの！」

「その……オレにはあこがれてる人《ひと》がいるんだ。その人《ひと》が美術警察《びじゅつけいさつ》で仕事《しごと》をしている姿《すがた》がすごくかっこいいと思《おも》ったから、オレも同《おな》じことをしてみたいんだ」

ボクは、もう一度《いちど》おどろいた。

だって、候補生《こうほせい》になるのさえ、いくつも試験《しけん》があって大変《たいへん》なのに。

美術《びじゅつ》が好《す》きじゃなくて、あこがれの気持《きも》ちだけで目指《めざ》せるものなのか？

「でも、合格《ごうかく》できるのはユニベルサーレばかりらしいよ。いくら、あこがれてるって言《い》っても、同《おな》じような任務《にんむ》につけるとは」

「なんだよ、あきらめるのか？」

その子《こ》の太陽《たいよう》の瞳《ひとみ》がキラリと光《ひか》った。

「特殊《とくしゅ》な能力《のうりょく》がないぶんは、ほかでカバーすればいいってだけだろ？　それだけのことじゃないか」

くもりなく、そうだと信《しん》じた自分《じぶん》の道《みち》をつき進《すす》む目《め》だ。

「だから、いっしょに合格《ごうかく》して、オレといっしょに捜査《そうさ》しようぜ！」

「でも、ボク体力《たいりょく》がないから……」

「それこそ、ささえあえばいいだろ？　できないことは、たがいに助《たす》けあうのが仲間《なかま》だ！　そうだ、名前《なまえ》を言《い》ってなかったな！　オレはロマン。アーティ・ロマン。よろしくな！」

この太陽《たいよう》みたいな少年《しょうねん》といると、なんでもできるような気《き》がしたんだ。

いつか、いっしょに捜査《そうさ》に出《で》られる日《ひ》がくると。

でも、かんかんに晴《は》れた入局試験《にゅうきょくしけん》の日《ひ》、ボクは体調《たいちょう》をくずして入院《にゅういん》した。

ロマンがお見舞《みま》いにくることはなく、ボクたちは、それから会《あ》っていない。

後日《ごじつ》、人《ひと》づてにロマンの合格《ごうかく》を聞《き》いた。

ようやく、ボクが美術警察《びじゅつけいさつ》に入《はい》れたのは、そのずっとあとのことだ……。

「ゴホッ、ゴホッ、ゴホッ」
蓮見先輩《はすみせんぱい》のせきが、はげしさを増《ま》す。
「先輩《せんぱい》っ！　途中《とちゅう》だけど降《お》りましょうか？　どこかで休《やす》むか、このままむかうのは体力《たいりょく》が」
「ボクを足手《あしで》まといにするなよ！」

必死《ひっし》に、声《こえ》をはりあげる姿《すがた》に体《からだ》がひるんだ。

「どうしても足手《あしで》まといなら、今《いま》すぐバスの窓《まど》を開《あ》けて、ふり落《お》として」

「そんなこと……できませんよ」

「……やっとなんだよ。やっと、たのみこんで捜査《そうさ》に参加《さんか》させてもらったんだ。最近《さいきん》は、体調《たいちょう》がいいからって長官《ちょうかん》の許可《きょか》がおりたんだ。だから……」

『次《つぎ》はー、亀戸天神前《かめいどてんじんまえ》。亀戸天神前《かめいどてんじんまえ》』

車内《しゃない》アナウンスが、次《つぎ》の停留所《ていりゅうじょ》の名前《なまえ》をつげる。

「あっ、……次《つぎ》だ」

蓮見先輩《はすみせんぱい》は無言《むごん》で降車《こうしゃ》ボタンを押《お》した。

『この次《つぎ》、止《と》まります』

それから、ふかく息《いき》を吸《す》って、吐《は》いて、をくりかえしていた。

こんなに苦《くる》しそうなのに、それでも先輩《せんぱい》は捜査《そうさ》に参加《さんか》したいんだ。

なにも話《はな》さずに、わたしたちは亀戸天神前《かめいどてんじんまえ》で降《お》りた。

ガラン、ガランとお参《まい》りの鈴《すず》をならす音《おと》が聞《き》こえる。

親子《おやこ》の参拝客《さんぱいきゃく》が、鳥居《とりい》をぬけて出《で》ていった。

さっきまで雨《あめ》がふっていたこともあり、もう境内《けいだい》に人《ひと》は見《み》あたらない。

先輩《せんぱい》がおしえてくれた、いっしょに美術警察《びじゅつけいさつ》で捜査《そうさ》する、というロマンとの約束《やくそく》。

先輩《せんぱい》はその約束《やくそく》を果《は》たすために、ここまで真剣《しんけん》になるんじゃないのかな。

でも、それじゃあ、なんで先輩《せんぱい》はロマンにいじわるを言《い》うんだろう。

……蓮見先輩《はすみせんぱい》の気持《きも》ちがわからない。

考《かんが》えるのをやめて、わたしはクロッキー帳《ちょう》をひらいた。

「くぅっ、ずっと同《おな》じ姿勢《しせい》でいたら肩《かた》がこったぜ」

ロマンが、ググーッとのびをした。わたしたちの会話《かいわ》が聞《き》こえた様子《ようす》はない。

ずっと、考《かんが》えごとをしていたみたいだ。

「ん〜っ、ぼく、待《ま》ちくたびれたよ！」

ポールくんも、ロマンのように、クロッキー帳《ちょう》の中《なか》で両《りょう》うでをのばす。

「ごめんね、押《お》しこめちゃって。着《つ》いたよ、亀戸天神《かめいどてんじん》」

鳥居《とりい》をくぐると、まず目《め》の前《まえ》に例《れい》の太鼓橋《たいこばし》があった。

橋《はし》のまわりには小《ちい》さな池《いけ》がある。

池《いけ》からは棚《たな》の支柱《しちゅう》がのびて、そこには、たくさんの植物《しょくぶつ》のつるが巻《ま》きついていた。

「ここ、すこし前《まえ》の時期《じき》だったら、にぎわってたんだろうね」

蓮見先輩《はすみせんぱい》が、棚《たな》から垂《た》れさがる植物《しょくぶつ》のつるを見《み》てぼやいた。

「なんで、そう思《おも》うんですか？」

「これだけりっぱな藤棚《ふじだな》があるんだから、見《み》ごろには、人《ひと》がたくさんいたでしょ」

たしかに『**名所江戸百景《めいしょえどひゃっけい》　亀戸天神境内《かめいどてんじんけいだい》**』には、藤《ふじ》の花《はな》が棚《たな》から垂《た》れて咲《さ》いていた。

「先輩《せんぱい》って、お花《はな》くわしいんですね！」

「うん。美術《びじゅつ》を見《み》るのも、花《はな》を見《み》るのも好《す》きなんだ。どちらも美術部《びじゅつぶ》の1年生《ねんせい》みたいに、うるさくないからね」

さっきまで、体調《たいちょう》が悪《わる》そうだったから心配《しんぱい》してたのに！

またいつもの調子《ちょうし》だよ。

「ねえ、エミ！　はやく同《おな》じ景色《けしき》のところまでいこう！」

ポールくんがはやくはやく、とクロッキー帳《ちょう》の中《なか》で足《あし》ぶみをしている。

「はい、はい。わかったから」

わたしたちは、ちょうど『名所江戸百景《めいしょえどひゃっけい》　亀戸天神境内《かめいどてんじんけいだい》』と、同《おな》じような景色《けしき》が見《み》えるところにむかった。

現在《げんざい》の太鼓橋《たいこばし》は、まっ赤《か》に塗《ぬ》られていたけれど、形状《けいじょう》は絵《え》の中《なか》の様子《ようす》と同《おな》じだ。つるの垂《た》れさがりぐあいも『名所江戸百景《めいしょえどひゃっけい》　亀戸天神境内《かめいどてんじんけいだい》』そのものだった。

「なんか、ふしぎな感《かん》じ。江戸《えど》時代《じだい》の人《ひと》たちも、この同《おな》じ場所《ばしょ》で同《おな》じ光景《こうけい》を見《み》てたんだ」

「美術《びじゅつ》ってそういうものだよ。時代《じだい》だって超《こ》えられる。現実《げんじつ》では行《い》けないところでも、その作品《さくひん》と対面《たいめん》している間《あいだ》は、その世界《せかい》につれてってくれる」

先輩《せんぱい》は、ゆっくりと言《い》い聞《き》かせるように言《い》った。

「……蓮見《はすみ》は、候補生《こうほせい》のころにも、そう言《い》ってたな」

ふと、ロマンがなつかしそうに口《くち》をひらいた。

「へえ、よく覚《おぼ》えてたね」

「あのころは、ふしぎだったんだ。オレは、まだ美術《びじゅつ》に思《おも》い入《い》れがなかったから。蓮見《はすみ》は……どこか行《い》きたいところがあるのか？」

ロマンがたずねる。

「キミがそれを聞《き》くかな？　ボクのことを、おいていったキミが」

「っ……すまない」

ロマンが、せつなげに口《くち》をつぐむ。

「もう、蓮見先輩《はすみせんぱい》っ！　なんでそういう言《い》いかたしか」

シュンッ
そのとき、なにかが耳《みみ》の横《よこ》をかすめた。

「ひゃっ！」

見《み》ると、藤棚《ふじだな》の支柱《しちゅう》に細《ほそ》い棒《ぼう》みたいなものがささってる。

「矢《や》⁉　だれかがねらってるの⁉」

あわててまわりを見《み》まわす。境内《けいだい》には、わたしたち以外《いがい》に見《み》あたらない。

「おちつくんだ、エミ。これは、おそらく矢文《やぶみ》だ」

まじまじと矢《や》を見《み》ると、紙《かみ》がむすびつけられている。

「手紙《てがみ》を送《おく》るための矢《や》だから、エミ自身《じしん》をねらったわけじゃないだろう……ひらいてみてくれ」

「うん」

わたしは矢《や》にむすばれた紙《かみ》をほどいた。

紙《かみ》はたて長《なが》の長方形《ちょうほうけい》で、上半分《うえはんぶん》には浮世絵《うきよえ》が描《か》かれていた。

下半分《したはんぶん》には墨《すみ》で正方形《せいほうけい》が描《か》かれている。まるで、解答用紙《かいとうようし》みたいだ。

「この絵《え》はいったい……？」

いままで見《み》た浮世絵《うきよえ》とはちがう。

風景《ふうけい》とかじゃなくて、ただ扉《とびら》が描《か》いてあるだけのふしぎな絵《え》だった。

「おそらく、これは『**判《はん》じ絵《え》**』だよ」

「『はんじえ？』」

わたしとポールくんは同時《どうじ》にたずねる。

「江戸時代《えどじだい》のなぞなぞだよ。上《うえ》の絵《え》は、なにかをしめしてるんだ、赤城《あかぎ》さん、筆記用具《ひっきようぐ》は持《も》ってきてる？」

「エンピツと消《け》しゴムだったら」

「下《した》のわく線《せん》は解答欄《かいとうらん》じゃないかな、答《こた》えをここに描《か》けってことだと思《おも》う。赤城《あかぎ》さんがユニベルサーレの力《ちから》でここに描《か》けば、なにかおきるかもしれない」

「でも、わたし『判《はん》じ絵《え》』なんて初《はじ》めて見《み》ました。どう解《と》いたらいいんですか」

「大丈夫《だいじょうぶ》、キミにたいして期待《きたい》してないから」

にこりと笑《わら》う先輩《せんぱい》。むかむかむかーっ！

「日本《にほん》のナゾナゾ……!?　ぼくもやりたい！」

ポールくんが、目《め》をキラキラさせて身《み》を乗《の》りだす。いきおいで、クロッキー帳《ちょう》から出《で》てきちゃいそうだ。

「おい、遊《あそ》びじゃないんだぞ」

「まぁ、こういうのは頭数《あたまかず》が多《おお》いほうがいいかもね。いいよ、ポール。いっしょに見《み》てみよう」

わたしは、クロッキー帳《ちょう》の中《なか》の2人《ふたり》にも見《み》えるように紙《かみ》をひろげた。

描《か》かれているのは木《き》の扉《とびら》だった。黒《くろ》いカギがかかっていて、上《うえ》には謎《なぞ》の点《てん》が2つある。

「さて、点《てん》が2つ……扉《とびら》にはカギ」

「てんてんかぎ～？　かぎてんてん～？　なに

それ」

ポールくんは、思《おも》いついた単語《たんご》を声《こえ》に出《だ》して、首《くび》をかしげる。

よし、わたしも挑戦《ちょうせん》するぞ。

えーっと、『**ドア**』に『**カギ**』がかかってるから、たとえば……

「どあかぎ？」

「どあほあかぎ」

「……蓮見先輩《はすみせんぱい》。いま、なにか言《い》いましたか」

「いいや、なにも」

……なにか聞《き》こえた気《き》がするけど、聞《き》かなかったことにしよう。

「エミ、いくらなんでも『ドア』はないだろ。江戸時代《えどじだい》の日本《にほん》のなぞなぞなんだから」

「そ、そっか。えーっと……それじゃあ『**戸**《と》』かな」

「とかぎ、かぎと。てんてんと？　『カギ』もちがう読《よ》み方《かた》なのかもしれないな」

「赤城《あかぎ》さん、これ扉《とびら》にくくりつけるタイプのカギだから、『**錠**《じょう》』じゃない？」

なるほど。そういえば、こういうカギのこと、錠前《じょうまえ》って呼《よ》ぶもんね。

「じゃあ、てんてんはなんなのさっ！」

ポールくんが眉間《みけん》にしわをよせている。

「判《はん》じ絵《え》の点々《てんてん》は濁点《だくてん》として読《よ》むことが多《おお》いね。つまり『**と**』に『**じょう**』で上《うえ》に『**濁点**《だくてん》』だから……」

「「どじょうだ！」」

わたしたちは声《こえ》をそろえて言《い》った。

「赤城《あかぎ》さん、さっそく『どじょう』を描《か》いて」

先輩《せんぱい》に言《い》われるまま、わたしは空欄《くうらん》にどじょうを描《か》いた。

けれど、なにもおこらない。

「どあほあかぎさん！　なに『なまず』描《か》いてるの、『どじょう』はもっとスラッとしてるでしょ」

「えっ、そうなんですか⁉」

先輩《せんぱい》に言《い》われたとおり直《なお》してみると、たしかに、それっぽくなった気《き》がする。

「ていうか、いま先輩《せんぱい》わたしのこと『どあほ』って！」

そう言《い》った瞬間《しゅんかん》、グラリとめまいがした。

「へ？」

ゆらゆらと視界《しかい》がゆらめいて、そのまま、わたしの視界《しかい》は闇《やみ》につつまれた。

★13 謎《なぞ》のからくり屋敷《やしき》

「つたた……」

目《め》を開《あ》けると、そこは亀戸天神《かめいどてんじん》の境内《けいだい》じゃなかった。

見《み》たこともない、大《おお》きなお屋敷《やしき》の庭《にわ》の中《なか》。

「……ここは？」

となりでたおれていた蓮見先輩《はすみせんぱい》が起《お》きあがる。

「先輩《せんぱい》、ここ、どこですか？」

「さあ、ボクもさっぱり。気《き》がついたら目《め》の前《まえ》が暗《くら》くなって……」

はっ！

そう言《い》えば、かかえていたクロッキー帳《ちょう》がなくなっている。

「ロマン!?　ポールくんっ！」

大声《おおごえ》でさけぶと、すぐ目《め》の前《まえ》から声《こえ》がした。

「ここだ！　エミ」

見《み》れば、お屋敷《やしき》の柱《はしら》の中《なか》に２人《ふたり》の姿《すがた》があった。

「２人《ふたり》とも、いつのまにクロッキー帳《ちょう》から移動《いどう》したの？」

「わからないんだ。気《き》がついたらここにいて」

「なんだか、グラグラしてきもちわるかった～」

ポールくんが、ぐったりとしゃがみこむ。

「蓮見先輩《はすみせんぱい》、……もしかして、わたしたち、どこかにワープしちゃったんですか⁉」

「そのようだね。いったい、ここは……」

「——はんっ！　あたいらの隠《かく》れ家《が》にたどりついたってことは、あの『判《はん》じ絵《え》』が解《と》けたようだねぇ！」

そのとき、頭上《ずじょう》から、かん高《だか》い声《こえ》が聞《き》こえた。

見《み》あげると、お屋敷《やしき》の屋根《やね》の上《うえ》に、２つの人影《ひとかげ》があった。

「ここまで、こられるたぁ。いままでの美術警察《びじゅつけいさつ》より、ちっとは骨《ほね》がありそうだ」

片方《かたほう》はお姉《ねえ》さん、片方《かたほう》は男《おとこ》の子《こ》。屋根《やね》の上《うえ》からこちらを見《み》おろしてる。

「あっ、あの２人《ふたり》！　ぼくが見《み》た３人組《にんぐみ》のうちの２人《ふたり》だよ！」

「……ってことは、『三人吉三《さんにんきちさ》』⁉」

「へーっ！　名前《なまえ》が売《う》れて光栄《こうえい》だよ。あたいは『三人吉三《さんにんきちさ》』の梅《ウメ》。**梅《ウメ》お嬢《じょう》**とは、あたいのことよ」

長《なが》い髪《かみ》をひとつに結《ゆ》った女《おんな》の人《ひと》が、たかだかと名乗《なの》る。

梅《うめ》の花《はな》をあしらった羽織《はおり》が、旗《はた》みたいになびいた。

となりの、甚平姿《じんべいすがた》の男《おとこ》の子《こ》がキュッ、と腕《うで》まくりをする。

「おいらは竹《タケ》！　**竹《タケ》お坊《ぼう》**とは、おいらのことだい！」

名《な》乗《の》りをあげると、えらそうに腕《うで》を組《く》んだ。

屋根《やね》の上《うえ》には2人《ふたり》だけ。三人吉三《さんにんきちさ》のもう1人《ひとり》は見《み》あたらない。

「ここは、どこ⁉　なんでわたしたちを、ここにつれてきたの！」

「あたいらの頭領《とうりょう》は、変《か》わり者《もの》でねぇ。ぬすんだついでに、あんたら美術警察《びじゅつけいさつ》の力《ちから》を見《み》てみたいんだとよ。それで、盗品《とうひん》をエサに、あたいらの隠《かく》れ家《が》におびきよせたってわけ」

「ホント変《か》わってるよ。おいらだったら、ぬすんでさっさと逃《に》げちゃうのに！」

……エサって！　そんな、ひどい言《い》いかた。

でも、やっぱりシャルパンティエさん家《ち》の娘《むすめ》はここにいるんだ！

「シャルパンティエさん家《ち》の娘《むすめ》さんは無事《ぶじ》なんですか！」

「ハァ？　知《し》らないねぇ、なんのことやら」
ウメお嬢《じょう》は、鼻《はな》で笑《わら》ってひと蹴《け》りする。
「しらばっくれるな！　おまえたちが誘拐《ゆうかい》したんだろう！」
ロマンがつづけて問《と》いただす。

「そんなこと言《い》っても……おいらたち、本当《ほんとう》に知《し》らないんだけどなぁ」

タケお坊《ぼう》がふしぎそうな声《こえ》を出《だ》す。

なんだか、ウソをついてる感《かん》じじゃなさそう。

「もしかしたら、忍《しの》びこんだときに、松《マツ》の兄《あに》ぃが『例《れい》のアレ』以外《いがい》にも、なにかぬすんだのかね？」

「おいらたちに相談《そうだん》もせず？」

屋根《やね》の上《うえ》で2人《ふたり》は顔《かお》を見《み》あわせる。

すると、ウメお嬢《じょう》が1歩前《ぽまえ》へ出《で》た。

「まぁ、うちの頭領《とうりょう》に聞《き》けばわかることだろうさ。頭領《とうりょう》は、このからくり屋敷《やしき》を突破《とっぱ》できるほどの実力者《じつりょくしゃ》に会《あ》いたがってる」

「松《マツ》の頭領《とうりょう》に会《あ》いたけりゃ、この、からくり屋敷《やしき》のてっぺんまでこいっ！」

ドロン
音《おと》と同時《どうじ》に、煙《けむり》がたちこめて、わたしたちの視界《しかい》をふさいだ。

煙《けむり》が晴《は》れたときには、2人《ふたり》の姿《すがた》はなかった。

「消《き》えた……？」

「からくり屋敷《やしき》って言《い》ってたから、屋根《やね》にしかけがあったんじゃないか？　まあ、この場所《ばしょ》そのものが、あの人《ひと》たちの用意《ようい》したものだろうから……なにがあっても、おどろかないくらいの覚悟《かくご》が必要《ひつよう》だ」

わたしは、柱《はしら》の中《なか》にいる2人《ふたり》を見《み》た。

真剣《しんけん》な顔《かお》をするロマン。そのとなりにいるポールくんは、肩《かた》をふるわせている。

「……あの人《ひと》たちが、ぬすんだ……ゆるせない！」

ポールくんは両手《りょうて》をギュッとかたく、にぎっていた。

「ポールくん……」

いじらしい姿《すがた》に、胸《むね》がしめつけられる。

わたしはしゃがんで、目線《めせん》の位置《いち》をポールくんにあわせた。

「つらいよね。好《す》きな子《こ》が目《め》の前《まえ》でさらわれるの見《み》たんだもんね」

すると、ポールくんは一瞬《いっしゅん》かたまった。

「……え？　好《す》きな子《こ》……ああ、うん。そう！　ぼくはあの子《こ》を助《たす》けるために、ここにきたんだ！」

なんか、ヘンな間《ま》があったけど、どうしたのかな？

「エミ、とりあえず屋敷《やしき》の中《なか》に入《はい》ろう。なにを目的《もくてき》にオレたちの実力《じつりょく》を試《ため》しているのかは、わからないが」

「からくりを解《と》いて、てっぺんにいけば、三人吉三《さんにんきちさ》のリーダーに会《あ》えるってことだね」

そして、リーダーのマツなら、誘拐《ゆうかい》された女《おんな》の子《こ》をどこにかくしているのか知《し》ってるはず。

わたしたちは、からくり屋敷《やしき》の中《なか》へと足《あし》をふみ入《い》れた。

14 からくり屋敷《やしき》の大冒険《だいぼうけん》！

からくり屋敷《やしき》は、ずいぶん年季《ねんき》が入《はい》ってるみたい。

天井《てんじょう》のすみには、クモの巣《す》、木《き》の床《ゆか》にはシミ。

でも、電灯《でんとう》もないのに明《あか》るかったり、なんかぶきみ。

「わあっ！　すごーい、本物《ほんもの》の日本《にほん》の家《いえ》だぁ～」

ポールくんは、床《ゆか》や天井《てんじょう》を、いったりきたり、はしゃぎまわっていた。

ウキウキしていて楽《たの》しそう。

そう言《い》えば、浮世絵《うきよえ》にも興味《きょうみ》しんしんだった気《き》がする。

「ポールくん、もしかして日本《にほん》が好《す》きなの？」

「うん！　ぼくの家族《かぞく》は、みんな日本大好《にほんだいす》きなんだ。おうちにも日本《にほん》の絵《え》をかざってあるんだよ！」

「そう言《い》えば**『シャルパンティエ夫人《ふじん》とその子《こ》どもたち』**に描《か》かれた部屋《へや》も、洋室《ようしつ》なのに日本《にほん》の絵《え》があったな」

ロマンがふと思《おも》いだす。

言《い》われてみれば、うしろに浮世絵《うきよえ》みたいな絵《え》がかざってあった気《き》がする。

「えっ、あー……そうだっけ？　あー、あはは、ぼくとあの子《こ》、やっぱり気《き》があうのかなぁ……」

ポールくんの目《め》がキョロッと泳《およ》いでいる。

「当時《とうじ》のフランスでは、**ジャポニスム**という『**日本風**《にほんふう》』が流行《りゅうこう》していたんだよ。浮世絵《うきよえ》をかざってみたり、日本《にほん》の着物《きもの》を着《き》てみたり。ほら、日本《にほん》の橋《はし》を庭《にわ》にかけたりね」

「へー……蓮見先輩《はすみせんぱい》、もの知《し》りですね」

「蓮見《はすみ》は、ただもの知《し》りなだけじゃない。情報《じょうほう》をもとに分析《ぶんせき》することも、得意《とくい》なんだよな」

ロマンが先輩《せんぱい》を、ほめる。

ズキッと胸《むね》が痛《いた》んだ。

熱血《ねっけつ》で記憶力《きおくりょく》のいいロマンと、冷静《れいせい》にものごとを分析《ぶんせき》できる蓮見先輩《はすみせんぱい》……。

それにくらべて、わたしのとりえって……。

「キミにほめられても、うれしくないね」

蓮見先輩《はすみせんぱい》は、ピシャリとつきはなした。

「もーっ！　ハスミは、すぐロマンにツンツンするーっ！」

ポールくんが、口《くち》をとがらせて蓮見先輩《はすみせんぱい》をにらんだ。

先輩《せんぱい》はすまし顔《がお》で、その視線《しせん》をかわす。

「蓮見先輩《はすみせんぱい》、なんでロマンにそんな態度《たいど》をとるんですか」

「……」

先輩《せんぱい》につきはなされて、ロマンは傷《きず》ついた表情《ひょうじょう》でうつむいてる。

わたしは、明《あか》るく笑《わら》ってるロマンが好《す》き。そんなロマンに、はげまされてきた。

だから、こういうときこそ助《たす》けになりたいのに！

2人《ふたり》を仲《なか》なおりさせられたらいいんだけど……、わたしは、それを一度《いちど》失敗《しっぱい》して、友達《ともだち》を傷《きず》つけてしまったし……。

「もーっ！　エミまでしゅんとしちゃった！」

ポールくんがぷぅっとむくれる。

わたしたちは、あまり会話《かいわ》もせず、廊下《ろうか》をまっすぐに進《すす》んでいった。

つきあたりに、大《おお》きな障子《しょうじ》がある。

「開《あ》けてみよう」

先輩《せんぱい》が障子《しょうじ》の戸《と》を開《あ》ける。

部屋《へや》の中《なか》は、学校《がっこう》の教室《きょうしつ》よりすこしせまい。

床《ゆか》に畳《たたみ》がしかれていて、窓《まど》もなく、扉《とびら》もなかった。

掛《か》け軸《じく》がかかっているだけの、ふつうの和室《わしつ》。

「行《い》き止《ど》まり？　ここじゃないのかもな」

部屋《へや》に入《はい》って、ロマンとわたしがふりかえると、

「戸《と》がなくなってる⁉」

そこにあったはずの障子《しょうじ》がなくなって、四方向《ほうこう》とも木《き》の壁《かべ》になっている。

「——どういうこと⁉　だって、いまここから入《はい》ってきたのに！」

「罠《わな》だっ！」

蓮見先輩《はすみせんぱい》がさけぶと、掛《か》け軸《じく》に描《か》かれていた『なにか』の絵《え》が動《うご》きだした。

「なっ、なにあれ⁉」

動《うご》いているのは、人《ひと》のうでだった。

それも、人《ひと》の頭《あたま》を片手《かたて》ですっぽり包《つつ》めそうな、大《おお》きくてたくましいうで。

うでの絵《え》は、掛《か》け軸《じく》からすべり出《で》ると、壁《かべ》の上《うえ》をスルスル移動《いどう》した。

「ひゃ〜ん！　ジャパニーズヨウカイ！　こわい！」

ポールくんが、ロマンにしがみつく。

「……あのうで、ただのうでじゃない……木《き》が生《は》えてる！」

うでからは、太《ふと》い木《き》の幹《みき》が生《は》えていて、緑《みどり》が生《お》い茂《しげ》っていた。

げげっ。すごいぶきみ。

「ポールくん、ロマンっ！　気《き》をつけてっ！」

うでおばけは、ロマンとポールくんに近《ちか》づき、高速《こうそく》でなぐりかかった。

「くっ」

ロマンは拳《こぶし》を受《う》けとめて、カウンターパンチを打《う》ちこむ。

はじきかえされた反動《はんどう》で、うでから生《は》えた木《き》の枝《えだ》がロマンの顔《かお》をかすめた。

「くそっ……木《き》がわさわさ動《うご》いてめんどうだな。せめて、この木《き》がなかったら、なんとかなりそうなんだけど」

「木《き》がなかったら、……そうだっ」

わたしはポケットに筆記用具《ひっきようぐ》が入《はい》ってるのを思《おも》いだした。

エンピツで、壁《かべ》に日本刀《にほんとう》を描《か》く。

「ロマン、これを使《つか》って！」

「サンキュー！　エミ」

ロマンはわたしの描《か》いた日本刀《にほんとう》をつかみ、うでおばけから生《は》えた木《き》を、スパッと切《き》りおとす。

木《き》を切《き》られたうでおばけは、ヘナヘナと力《ちから》をうしない、動《うご》きを止《と》めた。

「やったか……」

そう思《おも》ったのもつかのま、切《き》りかぶから、また木《き》がのびて動《うご》きはじめる。

「また生《は》えた!?」

切《き》っては生《は》え、切《き》っては生《は》え……切《き》るたびに、一瞬《いっしゅん》、動《うご》きは止《と》まるけれど、またすぐ元気《げんき》になるから、きりがない。

「ど、どうしましょう、先輩《せんぱい》！　このままじゃ、ロマンとポールくんが」

「わかってるよ」

先輩《せんぱい》が、きびきび話《はな》しだした。

「キミがピィピィ言《い》ってるあいだに、部屋《へや》の中《なか》を観察《かんさつ》していた。掛《か》け軸《じく》の裏《うら》だけ壁《かべ》の木《き》の質《しつ》がちがう。おそらく、そこがかくし扉《とびら》になってるんだろう」

「かくし扉《とびら》!?　ひらくんですか」

「いや。でも、カギになるとしたら、あの掛《か》け軸《じく》だ。このなぞなぞが解《と》ければ、ひらく仕組《しく》みになってるんじゃないか」

「なぞなぞ……うでおばけのことですよね」

あれも判《はん》じ絵《え》なら……うでき、きうで？

「赤城《あかぎ》さん……さっきから『うでおばけ』って言《い》ってるけれど。もしかして、木《き》の生《は》えてるところがキーワードなんじゃないか？」

「木《き》の生《は》えてるところ……『ひじ』？　……『ひじき』!?」

ひじき、ってあの煮物《にもの》とかに入《はい》ってる、あれ!?

黒《くろ》くて、細《ほそ》い、あれのこと!?

「か、描《か》けませんよ！　ひじきなんて」

だって、ひじきなんて、絵《え》にしても、わからないでしょ！

「赤城《あかぎ》さん、キミが描《か》くしかないんだよ！」

「そ、そんなこと言《い》われても」

「エミ〜っ！　お願《ねが》い、ロマンをたすけてあげて〜！」

見《み》ると、ロマンはポールくんを背中《せなか》にかばいながら戦《たたか》っていた。

パンチをよけて、動《うご》いてる木《き》を刀《かたな》で切《き》る。

そして、すきがあれば、もう一方《いっぽう》の手《て》でパンチを打《う》つ。

瞬間《しゅんかん》で、次《つぎ》の攻撃《こうげき》を見《み》きわめて、体勢《たいせい》をととのえるロマン。

その動体視力《どうたいしりょく》と反射神経《はんしゃしんけい》は並《なみ》じゃない。

「……ロマンの運動神経《うんどうしんけい》は、絵《え》になっても変《か》わらないな」

さすがに蓮見先輩《はすみせんぱい》も、感心《かんしん》したようにつぶやいた。

ロマンが、がんばってる。

わたしも、助《たす》けてあげたいけれど、なにもできないっ……！

「エミッ」

刀《かたな》をふりながら、ロマンがさけんだ。

「エミの描《か》いてくれたソファは、やわらかかったぞ！」

えっ、ソファ？

「とつぜん、どうしたのロマン？」

「世《よ》の中《なか》には、かたいソファも、やわらかいソファもあるだろ。でも、オレが休《やす》めるようにエミが描《か》いたソファはやわらかかった。やわらかくて、くつろげるソファを描《か》こうとしたんだろ!?見《み》た目《め》だけでは、わからないもの。エミは、それを描《か》くことができたんだ！」

「ロマン……」

「それがエミの能力《のうりょく》だ。オレに、力《ちから》を貸《か》してくれ！」

力《ちから》を貸《か》す……これがロマンの助《たす》けになるなら、

「わかった。わたし、描《か》いてみる！」

わたしは、いそいで空白《くうはく》になった掛《か》け軸《じく》にむかった。

黒《くろ》くて細《ほそ》く、つやっとしている『ひじき』。

おうちで食《た》べた煮物《にもの》の味《あじ》を思《おも》いだしながら、ていねいに描《か》いた。

ポンッ

小《ちい》さく破裂《はれつ》したような音《おと》がして、ロマンとポールくんをおそっていた、うでおばけが消《き》えた。

「ひじきが、描《か》けた！」


シュルン！


ひじきの描《か》かれた掛《か》け軸《じく》は、勝手《かって》にめくりあがり、うしろでカチャリと音《おと》がする。

木《き》の色《いろ》がちがう部分《ぶぶん》を、そっと押《お》すと、ゆっくり扉《とびら》がひらいた。

「ありがとう……エミ！　助《たす》かった！」

ロマンが汗《あせ》をぬぐって、こちらに駆《か》けよる。

わたし、ロマンの助《たす》けになったんだ。

……よかった。

わたしは美術《びじゅつ》の知識《ちしき》もないし、推理力《すいりりょく》もないけれど。

この能力《のうりょく》は、ロマンの助《たす》けになっているんだ……！

「ロマン！　ひじ、血《ち》が出《で》てる！」

「ああ、本当《ほんとう》だ。気《き》がつかなかったな」

「……赤城《あかぎ》さん、ばんそうこうを描《か》いてあげて」

「はいっ！」

いそいで、わたしは、ばんそうこうを描《か》いた。

「ありがとう。二度《ど》も助《たす》けられちまったな」

ロマンが笑《わら》う。

わたしの好《す》きな、太陽《たいよう》みたいなピカピカの笑顔《えがお》だ。

「わたし、言《い》われたものを描《か》いただけだけど……助《たす》けになったの？」

「あたりまえだろ、エミにはいつも助《たす》けられてるよ」

ロマンの言葉《ことば》がじーんと胸《むね》にしみてきた。

ポールくんがパタパタと両手《りょうて》をふる。

「ねえ、バンソーコーはったなら、はやくいこうよー！　ハスミ、先《さき》にいっちゃったよ」

「え⁉」

見《み》れば、蓮見先輩《はすみせんぱい》の姿《すがた》が見《み》あたらない。

そこにあるのは、開《あ》けっぱなしの扉《とびら》だけ。

「ちょっと、ちょっと、蓮見先輩《はすみせんぱい》！　先《さき》に行《い》かないでくださいよ！」

わたしたちは先輩《せんぱい》のあとを追《お》い、扉《とびら》の中《なか》に入《はい》った。

中《なか》は階段《かいだん》になっていて、うす暗《ぐら》いながらも、なんとか足場《あしば》は確認《かくにん》できる。

見《み》あげると、先《さき》をのぼる蓮見先輩《はすみせんぱい》の影《かげ》があった。

「ハスミ、怒《おこ》ってるのかも」

ポールくんが小声《こごえ》で言《い》う。

「怒《おこ》ってる？　なんで？　せっかく、からくりが解《と》けたのに」

「わかんない。ハスミが先《さき》にいこうとしたとき、ぼく、とめようとしたら、『どうせ、ボクは見《み》てることしかできないから』って」

「見《み》てることしかできない？」

それ……わたしも、前《まえ》に思《おも》ったことだ。

蓮見先輩《はすみせんぱい》とロマンが、美術館《びじゅつかん》で推理《すいり》をしていたとき、わたしは見《み》てることしかできなかった。

助《たす》けになりたいのに、自分《じぶん》は戦力《せんりょく》になれないから……。
そうだ、先輩《せんぱい》はバスの中《なか》で「戦力《せんりょく》にならないボク」とも言《い》ってた。
——見《み》ていることしかできなくて、もどかしい。
——戦力《せんりょく》にならなくて、くやしい。
ぜんぜん、わからないと思《おも》ってた先輩《せんぱい》の気持《きも》ち。
すこしずつ、わかってきたかも。

15 先輩《せんぱい》の本当《ほんとう》の気持《きも》ち

階段《かいだん》を上《あ》がりきると、だだっ広《ぴろ》い木《き》の廊下《ろうか》に出《で》た。

廊下《ろうか》は、左右両側《さゆうりょうがわ》にのびている。

「おそいよ、２人《ふたり》とも」

先《さき》に着《つ》いていた先輩《せんぱい》は、きびしい表情《ひょうじょう》でふりむいた。

怒《おこ》ってるのかも……って、ポールくんは言《い》ったけれど、本当《ほんとう》はどうなんだろう。

「……ここでいったん、ふた手《て》に分《わ》かれよう。ボクとポールは右《みぎ》、赤城《あかぎ》さんとロマンは左《ひだり》ね。なにか見《み》つけたら大《おお》きな声《こえ》を出《だ》して。５分《ふん》たっても、なにもなさそうだったら引《ひ》きかえすこと」

「は、はい」

「じゃあ、また」

テキパキと指示《しじ》をすると、先輩《せんぱい》は早足《はやあし》で行《い》ってしまった。

ポールくんがあわてて追《お》いかける。

「オレたちもいくか、エミ」

わたしたちは、左《ひだり》にむかって歩《ある》きはじめた。

きっと、なにかからくりがあるはず。

わたしは天井《てんじょう》や床《ゆか》、すみずみまで注意《ちゅうい》して調《しら》べていく。

「いまのところ、とくに変《か》わったところはないな」

……ロマンは、さっき、わたしの力《ちから》が役《やく》に立《た》つと言《い》ってくれた。

「あのさ……ロマン、なにか描《か》くよ。なにがいい？」

「ん？　いや。べつにいまは必要《ひつよう》ないが」

わたし、どんなささいなことでも役《やく》に立《た》ちたいんだけど。

「なんでもいいよ。歩《ある》きやすい靴《くつ》でも虫眼鏡《むしめがね》でも……自転車《じてんしゃ》とか、むずかしいのは無理《むり》かもだけど」

「どうしたんだよ、エミ。急《きゅう》におかしいぞ」

うっ！

「……だって、わたしの描《か》く力《ちから》がロマンの助《たす》けになってるなら、もっと積極的《せっきょくてき》に使《つか》っていこうと思《おも》って」

「はあ？」

首《くび》をかしげるロマン。

「もしかして、エミ。オレがエミに助《たす》けられてるって言《い》ったの、ユニベルサーレの力《ちから》のことだと思《おも》ってるのか？」

えっ、ちがうの？

「……ったく。いいか、エミ、よく聞《き》けよ。エミが助《たす》けになってるのは、ユニベルサーレだからじゃない。エミが、エミだったからだ」

「わたしが、わたしだったから？」

「ポールと最初《さいしょ》に会《あ》ったときも、あいつはオレの質問《しつもん》には答《こた》えなかったのに、エミが相手《あいて》なら捜《そう》査《さ》に協力《きょうりょく》してくれた」

「でも、それはたまたま……」

「エミは、オレを大切《たいせつ》な友達《ともだち》と言《い》ってくれた。大切《たいせつ》な友達《ともだち》だから、オレもいっしょにがんばろうと思《おも》えるんだ」

それは、このうえなくうれしい言葉《ことば》だった。

わたしは力《ちから》がぬけて、ふにゃっ、とひざからくずれてしまった。

「ど、どうしたんだよ？」

とつぜん、しゃがみこんだわたしに、ロマンは動揺《どうよう》している。

「だ、だって……、ロマンがほめてくれるから、うれしくって」

「ふつうわかるだろ、こんなこと説明《せつめい》しなくたって！」

「わからないよ！　だってロマンはわたしに、先輩《せんぱい》となにがあったのかも、打《う》ち明《あ》けてくれなかったじゃん」

思《おも》いもしなかったことを聞《き》いたみたいに、ロマンは目《め》をまるくした。

「それは、べつに……そのくらい気《き》にする

ことじゃないだろ」

「気《き》になるよ！　わたしは……わたしは、ロマンにたよりにされてないんだと思《おも》った。わたしばっかり、ロマンに相談《そうだん》して……助《たす》けてもらって」

「エミ……」

ロマンは、ハァとため息《いき》をついた。

「わるかったよ。きちんと話《はな》す。オレと蓮見《はすみ》の間《あいだ》になにがあったのか」

ロマンが、悔《く》やむような表情《ひょうじょう》で、目《め》をつぶった。

「――蓮見《はすみ》とオレは、まだ候補生《こうほせい》だったころに約束《やくそく》をしたんだ。２人《ふたり》でいっしょに美術警察《びじゅつけいさつ》になろう、と」

それは、わたしもバスの中《なか》で先輩《せんぱい》に聞《き》いた。

「オレたちは、いいコンビだったと思《おも》う。蓮見《はすみ》は、口《くち》はわるいけれど、オレのことを『親父《おやじ》のヒイキ』だとは、けっして言《い》わなかった」

ロマンは、ふたたび目《め》をひらく。

「けれど、入局試験《にゅうきょくしけん》の日《ひ》、蓮見《はすみ》は会場《かいじょう》にこなかった。体調《たいちょう》をくずして、試験《しけん》に出《で》られなかったんだ」

「……っ」

「試験《しけん》には2人《ふたり》ひと組《くみ》で受《う》ける実技試験《じつぎしけん》があった。蓮見《はすみ》がいないとわかると、ふしぎと、オレと組《く》みたがる人間《にんげん》が多《おお》かった。あとで理由《りゆう》を知《し》った。『長官《ちょうかん》の息子《むすこ》と組《く》んだから、ヒイキで俺《おれ》も合格《ごうかく》させてもらえるかもしれない』という話《はな》し声《ごえ》が聞《き》こえたんだ」

「そんな、ひどいこと！」

「オレは後悔《こうかい》した。なんで蓮見《はすみ》を待《ま》って、いっしょに受《う》けなかったのかって。今回《こんかい》はむりでも、次《つぎ》の機会《きかい》に受《う》ければよかったのに」

「それから、蓮見先輩《はすみせんぱい》とは会《あ》わなかったの？」

「オレ1人《ひとり》だけ合格《ごうかく》して、会《あ》えるわけないだろ！　次《つぎ》の試験《しけん》も、その次《つぎ》も、合格者《ごうかくしゃ》に蓮見《はすみ》の名前《なまえ》はなかった。蓮見《はすみ》には、実技試験《じつぎしけん》で蓮見《はすみ》の体力《たいりょく》をカバーできるパートナーが必要《ひつよう》だったんだ……なのに、オレは」

先輩《せんぱい》の気持《きも》ちが、やっとわかった。

もしも、わたしだったら……ロマンに約束《やくそく》をやぶられたとは思《おも》わない。

それよりも、ロマンにさけられてることがかなしい。

美術警察《びじゅつけいさつ》に受《う》かったなら、おしえてほしい。

1人《ひとり》きりで悔《く》やんでいるよりも、会《あ》いにきてほしい。

友達《ともだち》なら……。

「あれ？　ロマンとエミだ～！」

前《まえ》を見《み》ると、蓮見先輩《はすみせんぱい》とポールくんの姿《すがた》が見《み》える。

「ええっ⁉　左右《さゆう》にわかれて一直線《いっちょくせん》に歩《ある》いてきたのに、どうして？」

「まぁ、からくり屋敷《やしき》だから、なにがあっても、おどろきはしないけど……」

そう言《い》いつつ、先輩《せんぱい》も首《くび》をひねっている。

ゴゴゴゴゴッ

「な、なにっ⁉」

地響《じひび》きのような音《おと》と振動《しんどう》に、わたしたちはふりかえる。

見《み》ると、先輩《せんぱい》とわたし、それぞれの背後《はいご》に木《き》の板《いた》が降《お》りてきた。

ズシン

音《おと》とともに、両側《りょうがわ》から道《みち》をふさぐ木《き》の壁《かべ》。

「ヒャッ！　とじこめられた～！」

ただの木《き》の壁《かべ》で、取《と》っ手《て》も扉《とびら》もついてない。

すると、壁《かべ》の表面《ひょうめん》に、ぼやんと『なにか』の絵《え》がうかびあがった。

「先輩《せんぱい》。これって、また」

「……謎《なぞ》を解《と》くまでは、出《で》られませんってことだろうね」

サッカーボールくらいの大《おお》きさのまるい『なにか』は、壁《かべ》の中《なか》で、**ジャラン**と音《おと》をたてて動《うご》きはじめる。

「きたっ！」

球《たま》のような『なにか』の絵《え》は、ポールくんのほうへと飛《と》んでいった。

すばやく、ロマンがポールくんの前《まえ》に立《た》つ。

ガラーン！

重《おも》くにぶい音《おと》がロマンを直撃《ちょくげき》した。

「大丈夫《だいじょうぶ》っ!?」

「——ごふっ……！」

わたしが駆《か》けよると、ロマンは腹部《ふくぶ》をおさえている。

「ごめんなさい！　ロマン、ぼくのことを、かばって」

「いいから、ポールはさがってろ」

「また、くるよっ！」

先輩《せんぱい》がさけぶと、球《たま》のようなものは音《おと》をたてて、ふたたび飛《と》んできた。

まだ立《た》ちあがれないロマンの頭《あたま》にあたり、**ゴォン**、とイヤな音《おと》がひびく。

「んぐ……！」

ロマンは頭《あたま》をおさえて、よわよわしくひざをついた。

「ロマンッ！」

その背中《せなか》にまるいものが、二度《ど》、三度《ど》とおそいかかる。

「赤城《あかぎ》さんっ！　早《はや》くなにか描《か》いてっ」

「わ、わかってます！　でもなにを描《か》いたらいいか」

「盾《たて》になるものでも、打《う》ちかえせるバットでも、なんでもいいから早《はや》くっ！」

「はっ、はい」

でも、とつぜんのことで頭《あたま》がまわらない。

手《て》がふるえている。

そのとき蓮見《はすみ》先輩《せんぱい》が、わたしの手《て》を強《つよ》くにぎった。

「ふるえてる場合《ばあい》じゃないだろっ」

先輩《せんぱい》はわたしの肩《かた》に手《て》をまわし、がっちりと上半身《じょうはんしん》を固定《こてい》する。

「描《か》けよ！　しっかりしろ！　ボクには描《か》けないんだから……っ！　ボクは、ロマンを助《たす》ける力《ちから》を持《も》ってないんだから！　はやくっ」

先輩《せんぱい》の声《こえ》は、必死《ひっし》だった。

ふれた部分《ぶぶん》から、体温《たいおん》といっしょに先輩《せんぱい》の気持《きも》ちも伝《つた》わってくる。

先輩《せんぱい》はロマンを助《たす》けたがっている。

ロマンのためにも……。

先輩《せんぱい》のためにも……。

わたしは描《か》かなくちゃいけない！

うでが固定《こてい》されたおかげで、ふるえは止《と》まった。

わたしは、壁《かべ》に取《と》っ手《て》のついたまるいものを描《か》いた。

「「フ……フライパン⁉」」

ロマンとポールくんと先輩《せんぱい》が、同時《どうじ》におどろきの声《こえ》をあげた。

「こ、これなら打《う》ちかえせるし、盾《たて》にもなるかなって思《おも》ったんだけど……ダメ？」

「やってみる」

ロマンはよろよろと立《た》ちあがり、フライパンの取《と》っ手《て》をにぎった。

「おらっ！」

ゴーン
フライパンをふると、大《おお》きな音《おと》がなりひびく。

さすが、運動神経《うんどうしんけい》のいいロマンだ。

テニスボールを打《う》ちかえすみたいに、器用《きよう》に球《たま》をはじいた。

「ロマンにあたったときよりも、フライパンにあたったときのほうが音《おと》が大《おお》きく反響《はんきょう》した……あの『なにか』も金属《きんぞく》なのか？」

先輩《せんぱい》が跳《は》ねかえされた円球《えんきゅう》の軌跡《きせき》をじっと目《め》で追《お》う。

ボールは空中《くうちゅう》を旋回《せんかい》すると、一瞬《いっしゅん》ピタリと止《と》まって、またロマンにむかってきた。

「赤城《あかぎ》さん！　いま止《と》まった瞬間《しゅんかん》に、ボールになにか描《か》かれているのが見《み》えた！」

「えっ!?　本当《ほんとう》ですか」

ふたたびむかってくる球《たま》を、ロマンは華麗《かれい》に打《う》ちかえす。

「見《み》えた！　あの球《たま》、目《め》が描《か》いてある！」

「目《め》ですか⁉　球《たま》に目《め》……いや金属《きんぞく》でできてるなら、ボールじゃないのかな。それにこの音《おと》、どこかで聞《き》いたことある」

ガラン、ガラン……そうだ、亀戸天神《かめいどてんじん》で同《おな》じ音《おと》を聞《き》いた。

「わかった。あれは『鈴《すず》』だ！」

先輩《せんぱい》が声《こえ》をあげる。

「目《め》のついた鈴《すず》……。それじゃあ、あの判《はん》じ絵《え》の正体《しょうたい》は『すずめ』！」

ロマンが、さらに打《う》ちかえす。

ゴォン

ひときわ大《おお》きな音《おと》がして、ロマンの体《からだ》は反動《はんどう》でうしろに飛《と》ばされた。

ロマンのこめかみに青《あお》あざができている。

たぶん、さっき強《つよ》く打《う》たれたところだ。

「いそいで、赤城《あかぎ》さん。これ以上《いじょう》……ロマンを傷《きず》つけさせてたまるかっ！」

わたしは壁《かべ》に『すずめ』の絵《え》を描《か》く。

すると、ロマンにむかっていた鈴《すず》はピタリと止《と》まり、ポンッという音《おと》と同時《どうじ》に『すずめ』に早《はや》変《が》わりした。

ロマンが、ガクリと床《ゆか》にたおれこむ。

「やったー！」

よろこんで手《て》をあげるポールくん。

わたしは、ロマンのもとへ走《はし》った。

「ロマン!!」

「……だいじょうぶだ。かなりピンチだったけどな」

苦笑《くしょう》しながらロマンが体《からだ》をおこす。

あちこちにできたあざが、痛々《いたいた》しい。

「先輩《せんぱい》、ありがとうございます。ロマンを助《たす》けてくれて」

「助《たす》けたもんか……キミの能力《のうりょく》がなかったら、ボクは、だいじな友達《ともだち》を本当《ほんとう》にうしなうところだった」

そう言《い》って先輩《せんぱい》は、ふるえる手《て》で顔《かお》をおおいかくす。

「バカみたいなこと……たくさん口走《くちばし》っちゃったな」

指《ゆび》の間《あいだ》から、先輩《せんぱい》のひたいに汗《あせ》がにじんでいるのが見《み》えた。

ずっと、冷静《れいせい》に分析《ぶんせき》をしていた先輩《せんぱい》が、こんなにあせってたなんて。

ロマンがよろっと立《た》ちあがる。

「蓮見《はすみ》、助《たす》けてくれてありがとう。オレ、蓮見《はすみ》に裏切《うらぎ》り者《もの》だと思《おも》われてるとばかり……」

「――思《おも》ってるよ。キミは裏切《うらぎ》り者《もの》だ」

ビクリ、とロマンの体《からだ》がすくむ。

「蓮見《はすみ》……」

「でもそれは、約束《やくそく》を守《まも》らなかったことじゃない。ボクの友情《ゆうじょう》に対《たい》しての裏切《うらぎ》りだ」

先輩《せんぱい》は、キッと顔《かお》をあげてロマンを見《み》る。

「どうして、合格《ごうかく》したことをおしえてくれなかった！　どうして会《あ》いにきてくれなかった！　キミの身体《からだ》が『絵《え》』になったとウワサで聞《き》いて、ボクがどれだけ心配《しんぱい》したと思《おも》ってるんだ！」

先輩《せんぱい》は、声《こえ》を荒《あら》らげている。

「合格《ごうかく》したキミをボクがねたむと思《おも》った⁉　見《み》そこなうなよ！　キミの夢《ゆめ》が叶《かな》ったんだ、いっしょに、よろこぶにきまってるだろ！」

切実《せつじつ》な声《こえ》が部屋《へや》の中《なか》にひびいて、空気《くうき》がビリビリした。

「ごめん」

ロマンが、やっとの思《おも》いでひと言《こと》しぼりだす。

「……キミってバカだ。ルノワールみたい」

先輩《せんぱい》が吐《は》きすてるように言《い》った。

「なんで、ルノワールなんですか？」

「ルノワールは、自分《じぶん》が名誉《めいよ》あるフランスの勲章《くんしょう》をもらったときに、モネに手紙《てがみ》を書《か》いたんだよ。

『キミをさしおいて、もうしわけない』って」

「……おたがいを大切《たいせつ》に思《おも》う友達《ともだち》なら、そんなこと気《き》にしないのにね」

だまっていたポールくんが口《くち》をひらく。

まるで、モネとルノワールのことを知《し》ってるような口《くち》ぶりだ。

「だって、モネはルノワールのことを、きっと祝福《しゅくふく》したはずだもん」

モネとルノワール。2人《ふたり》の画家《がか》の間《あいだ》に、そんなことがあったんだ……。

「って、あれ？　モネとルノワールって友達《ともだち》？　2人《ふたり》は仲《なか》がよかったの⁉」

「よかった、なんてもんじゃない。苦楽《くらく》をともにした大親友《だいしんゆう》だよ」

蓮見先輩《はすみせんぱい》は、ふたたびロマンに向《む》きあった。

「だからロマン、キミももうしわけないなんて思《おも》うなよ。そんなんで、距離《きょり》をおかれたら、よっぽど傷《きず》つく」

「蓮見《はすみ》っ……」

「ボクもキミにいじわるを言《い》ってしまったね、ごめん」

むかいあった2人《ふたり》が笑顔《えがお》になる。

……その光景《こうけい》は、とてもキラキラまぶしく見《み》えた。

「赤城《あかぎ》さん。なに泣《な》いてるの」

「へぁ⁉」

気《き》がつくと、わたしの頬《ほお》は、涙《なみだ》でぬれていた。

「な、なんででしょう？　なんか気《き》がついたら」

2人《ふたり》が仲《なか》なおりできたと思《おも》ったら、わたしまでうれしくなっちゃった。

「赤城《あかぎ》さんのそういうところ、はずかしいよ。すぐ泣《な》くし、すぐ笑《わら》うし、すぐ人《ひと》の気持《きも》ちに感化《かんか》される」

「なっ！　べつに、いいじゃないですか」

ロマンがくすくす笑《わら》った。

「ああ、エミはそれでいいんだ。オレたちは、みんな、それぞれちがう」

「うん！　だから助《たす》けあえるんだよね」

わたしが言《い》うと、蓮見《はすみ》先輩《せんぱい》はおどろいたように、わたしを見《み》た。

「キミもそれを言《い》うんだ」

「え？」

「なんでもないさ」

そう言《い》った先輩《せんぱい》の表情《ひょうじょう》は、ひだまりみたいにやさしかった。

16 かたちが変《か》わっても?

「それにしても、謎《なぞ》を解《と》いたのに、なにもおきないね」

ふと、わたしは天井《てんじょう》を見《み》る。

さっき描《か》いた『すずめ』が、クルクルと円《えん》を描《えが》いて飛《と》んでいる。

「どうしたんだろう?　……なにか、あるのかな」

すると、バタン、と天井《てんじょう》の板《いた》がはずれて、そこから階段《かいだん》が出《で》てきた。

「か、かくし階段《かいだん》っ!?」

てっぺんで待《ま》ってると言《い》った三人吉三《さんにんきちさ》……。

もしかしたら、今度《こんど》こそ、そこにリーダーの和尚《おしょう》が待《ま》っているかもしれない。

ゴクリとつばを飲《の》み、わたしは階段《かいだん》に足《あし》をかける。

「ちょっと待《ま》って」

先輩《せんぱい》に声《こえ》をかけられる。

「なんですか？」

「ボクはここで待《ま》ってるよ。赤城《あかぎ》さん」

「え、ええっ？」

「じつはボク、高所恐怖症《こうしょきょうふしょう》でね。ゴホッ、ゴホッ、高《たか》いところは、ちょっと」

いやいやいや、高所恐怖症《こうしょきょうふしょう》と、せきって関係《かんけい》あるの⁉

どう見《み》ても仮病《けびょう》だし！

「……というのは冗談《じょうだん》で。さっきいろいろ話《はな》しあって、ポールとボクはここにのこってよう、って話《はなし》になったんだ」

「へ？　ポールくんと？」

おどろいてわたしはポールくんを見《み》る。

「え……えへへ。日本《にほん》のお屋敷《やしき》って、めずらしいから。ぼく、もうちょっと見《み》てまわりたいなーって」

「そんな、……自分《じぶん》の手《て》で女《おんな》の子《こ》を助《たす》けたいって言《い》ったのはポールくんだよ？」

「あっ、その……じゃあ、えっと……ぼくは三人吉三《さんにんきちさ》がこわくなっちゃったから、ここで待《ま》ってようと」

「……ポールくん。なにか、かくしてる？」

ポールくんは、わたしと目《め》をあわせまいとしている。

蓮見先輩《はすみせんぱい》もなにも言《い》わない。

「2人《ふたり》とも？　とつぜん、どうして？」

やっと、協力《きょうりょく》してやっていけると思《おも》ったのに。

「――エミ。もともとポールは、つれていかないほうがいいって話《はなし》だったんだ。ここは蓮見《はすみ》にまかせよう」

それだけ言《い》って、ロマンは階段《かいだん》の表面《ひょうめん》をスルスルのぼりはじめた。

「ちょ、ちょっと、待《ま》ってよロマン」

わたしは、あわててあとを追《お》う。

ふりむいても、ポールくんも先輩《せんぱい》も、ついてくる気配《けはい》がなかった。

「……ごめんね、エミ」

うしろから、もうしわけなさそうなポールくんのつぶやきが聞《き》こえた。

「ロマン、いいの？　なんか様子《ようす》がおかしかったよ」

階段《かいだん》をのぼりながら、わたしはたずねる。

「それくらいわかってるさ。でも、いいんだ」

ロマンの声《こえ》は、りんとしていた。

「……蓮見《はすみ》とポールには、きっとなにか考《かんが》えがある。でも伝《つた》えないってことは、それはオレたちの役目《やくめ》じゃない。オレたちは、オレたちの役目《やくめ》を果《は》たそう」

強《つよ》いまなざしで話《はな》すロマン。

「信《しん》じてるんだね、ロマンは」

「ああ。オレは、きらわれることにおびえていたときとはちがう。蓮見《はすみ》がオレを大切《たいせつ》な友達《ともだち》だと思《おも》ってくれてること、今《いま》なら、しっかり信《しん》じることができるから」

わたしは、蓮見先輩《はすみせんぱい》とは会《あ》って間《ま》もない。

でも、信頼《しんらい》しているロマンが、ここまで信《しん》じてる大切《たいせつ》な友達《ともだち》なんだ。

わたしも、信《しん》じてみよう。


階段《かいだん》をのぼりきると、そこは和室《わしつ》になっていた。

左右《さゆう》に木《き》の壁《かべ》、正面《しょうめん》には、壁一面《かべいちめん》に障子《しょうじ》の引《ひ》き戸《ど》があった。

「奥《おく》へいそごう」

さっそくロマンが木《き》の壁《かべ》をつたって、障《しょう》子《じ》へと移《い》動《どう》する。

「！」

ロマンを見《み》て、わたしは立《た》ちすくんだ。

障《しょう》子《じ》に映《うつ》ったロマンの姿《すがた》は全《ぜん》身《しん》まっ黒《くろ》だった。頭《あたま》から足《あし》先《さき》まで黒《くろ》一《いっ》色《しょく》で、顔《かお》の表《ひょう》情《じょう》も見《み》えない。

「ロマン、どうしちゃったの⁉」

さっきまで、いつもどおりだったのに。

「なんだ、これは……」

ロマンの声《こえ》も困《こん》惑《わく》した様《よう》子《す》だ。

わたしは障《しょう》子《じ》に手《て》をかけた。

「……開《あ》かない」

開《あ》かないどころじゃない。

奥《おく》行《ゆ》きがなくて、取《と》っ手《て》をつかむことすらできなかった。

「これ……『絵《え》』だ」

それは障《しょう》子《じ》じゃなくて、壁《かべ》に**『2枚《まい》の障《しょう》子《じ》の絵《え》』**が描《か》かれているだけだった。

「ロマン、なんかヘンだよ。そこから出《で》て」

ロマンが木《き》の壁《かべ》にもどろうと移動《いどう》する。

「で、出《で》られない！」

「ええっ!?」

天井《てんじょう》、床《ゆか》、平面《へいめん》をつたって移動《いどう》しようとしても、ロマンは障子《しょうじ》から出《で》られなかった。

全身《ぜんしん》まっ黒《くろ》で、服《ふく》も顔《かお》も、わたしには見《み》えない。けれど、映《うつ》しだされたシルエットから、あせってるのがわかる。

ロマンは檻《おり》に閉《と》じこめられたみたいだ。

「いまのロマン……まるで影絵《かげえ》だ」

「クックックッ。そのとおり、これは影絵《かげえ》よ」

右《みぎ》の壁《かべ》が、クルッとひっくり返《かえ》り、ウメお嬢《じょう》が姿《すがた》をあらわした。

「おいらたちの罠《わな》に、ヒョイヒョイひっかかるな

んて、美術警察《びじゅつけいさつ》もぬけてるなぁ」

左《ひだり》の壁《かべ》からは、タケお坊《ぼう》が姿《すがた》を見《み》せる。

「卑怯《ひきょう》だよ！　ここからロマンを出《だ》して」

わたしはタケお坊《ぼう》につめよった。

「おや？　やんのかい」

背後《はいご》からウメお嬢《じょう》の声《こえ》がかかる。

「相方《あいかた》が絵《え》の中《なか》に閉《と》じこめられてる、2対《たい》1のこの状況《じょうきょう》じゃ、あんたが不利《ふり》だよ。どう見《み》てもケンカが強《つよ》そうには見《み》えないし。それでも、やるっていうんなら……」

「——やめなさい、お嬢《じょう》」

男《おとこ》の人《ひと》の声《こえ》だ。ウメお嬢《じょう》がチッと舌打《したう》ちをした。

「よくきたのう、美術警察《びじゅつけいさつ》」

天井《てんじょう》のかくし扉《とびら》がひらき、バッ、と上《うえ》から人《ひと》がおりてくる。

わたしの目《め》の前《まえ》に、若《わか》い男《おとこ》の人《ひと》が着地《ちゃくち》した。ウメお嬢《じょう》とタケお坊《ぼう》と同様《どうよう》に、和服《わふく》を身《み》にまとっている。

この人《ひと》がマツ和尚《おしょう》！

「エミッ、オレはいいから！　逃《に》げろっ」

逃《に》げろって言《い》われても……。

逃《に》げようとしても、すぐつかまえられちゃうような距離《きょり》なんだけど！

「強気《つよき》な小娘《こむすめ》じゃのう、逃《に》げないのか」

「ええ……。だってまだ、あなたたちがぬすんだものを、取《と》りかえしてませんから」

わたしは、あくまで強気《つよき》な態度《たいど》で力《りき》んでみせる。

「ふんふん。それでこそだ」

マツ和尚《おしょう》は、ニヤニヤとした笑《え》みをうかべた。

「なんで、ヒントをのこしてまで、わたしたちをおびきよせるようなことをしたんですか」

「それはもちろん。おまえさんを仲間《なかま》に引《ひ》きいれるためじゃ」

「なっ、仲間《なかま》？　わたしを？」

わたしだけじゃなく、ウメお嬢《じょう》とタケお坊《ぼう》もおどろいているようだった。

「ちょっと、あたいは、そんな話《はなし》聞《き》いてないよ！　どうして、このちんちくりんを仲間《なかま》にするんだい？」

「そうそう！　そっちの絵《え》の男《おとこ》ならわかるけど、こっちは、どう見《み》てもどんくさいよ！」

「おまえら、わからんのか。この小娘《こむすめ》は、ユニベルサーレじゃ」

「えっ！」

「絵《え》の中《なか》の小僧《こぞう》もそうかと思《おも》ったが、あいつはちがうようじゃ。おおかた、不慮《ふりょ》の事故《じこ》で、身体《からだ》が絵《え》にでもなったんじゃろ」

マツ和尚《おしょう》が不敵《ふてき》に、にやりと笑《わら》う。

「なんで、わかるの？　って顔《かお》してるのう」

1歩《ぽ》わたしに近《ちか》づくと、マツは至近距離《しきんきょり》でわたしを見《み》おろす。

「オレはお前《まえ》さんと同《おな》じユニベルサーレ。この障子《しょうじ》を描《か》いたのもオレじゃ！」

この人《ひと》もユニベルサーレ！

ユニベルサーレにえらばれるのは、すごくめずらしいことだって聞《き》いた。

それを悪用《あくよう》するなんて！

「わ、わたしは、あなたの仲間《なかま》にはなりません！　この力《ちから》は、美術《びじゅつ》を守《まも》るための力《ちから》です！」

「美術《びじゅつ》を守《まも》る？　つまらんなぁ。美術《びじゅつ》は楽《たの》しむもんじゃ。楽《たの》しむうえで、かたちが変《か》わることの、なにが問題《もんだい》じゃ？」

「か、かたちが変《か》わったらこまります。絵《え》の中《なか》に描《か》かれてるものが変《か》わったら、ちがう絵《え》になっちゃうじゃないですか！」

「変《か》わったら変《か》わったで、ちがうかたちを楽《たの》しめばいい」

「ちがったら、ニセモノじゃないですか」

「ニセモノのなにが悪《わる》い。ニセモノを楽《たの》しんだらいかんのか？　本物以外《ほんものいがい》はつまらないか？」

すらすらと話《はな》すマツ和尚《おしょう》。

この人《ひと》、やたらと弁《べん》が立《た》つ……なにを言《い》っても、言《い》いくるめられそうになる。

「ここまで判《はん》じ絵《え》を解《と》いてきたろ？　あれも江戸時代《えどじだい》に描《か》かれた浮世絵《うきよえ》を、オレがマネして描《か》いたニセモノだ。この能力《のうりょく》を使《つか》って描《か》いた贋作《ニセモノ》だからこそ、ただのなぞなぞじゃなくて、スリルのあるからくりになった。そういうのをおもしろいとは思《おも》わんか？」

マツ和尚《おしょう》はチラリ、と横目《よこめ》で障子《しょうじ》を見《み》る。

「この障子《しょうじ》だって、オレが描《か》いたからこそ、極上《ごくじょう》の舞台《ぶたい》になりえるのじゃ」

ふりかえり、今度《こんど》はロマンにむかって話《はな》しかけているようだ。

「なあ、小僧《こぞう》。せっかく特設《とくせつ》ステージをお膳《ぜん》だてしてやったんじゃ。芸《げい》のひとつでも見《み》せてくれんかのう」

「舞台《ぶたい》……」

マツは、いきいきとした顔《かお》で、ロマンがいる障子《しょうじ》の絵《え》を見《み》てる。

本当《ほんとう》に、舞台《ぶたい》を前《まえ》にした子《こ》どものような、まなざしを向《む》けていた。

「……オレに、なにをしろっていうんだ。オレが芸《げい》を見《み》せたら、おとなしくつかまるのか？」

「そいつは、見世物《みせもの》しだいじゃな」

カンカンカン、と拍子木《ひょうしぎ》を打《う》つ音《おと》がする。

そして、どこからともなく笛《ふえ》の音《ね》が流《なが》れてきた。

……なにか、演目《えんもく》がはじまるような空気《くうき》だ。

「楽《たの》しませてくれよ？」

17 影絵《かげえ》クイズを解《と》きあかせ！

壁一面《かべいちめん》に描《か》かれた大《おお》きな障子《しょうじ》。

その右半分《みぎはんぶん》に、ロマンの影絵《かげえ》が映《うつ》っている。

とつぜん、左半分《ひだりはんぶん》に黒《くろ》い影《かげ》があらわれた。

「これは……魚《さかな》？」

大《おお》きな魚《さかな》のかたちをした影《かげ》。

口《くち》からひもがのびていて、上《うえ》からつるされているようだ。

「なにがおきたんだ？　エミからは、なにか見《み》えているのか？」

ロマンがとまどいの声《こえ》をあげる。

「うん。魚《さかな》みたいな影《かげ》が見《み》えるよ。ロマンには、なにも見《み》えないの？」

「小僧《こぞう》のところからは、見《み》えないようになっとるんじゃよ」

マツ和尚《おしょう》が、いじわるく笑《わら》う。

「これから、この舞台《ぶたい》ではじまるは、影絵《かげえ》のからくり。おまえさんには、それを解《と》いてもらう」

「また、謎解《なぞと》き……？」

マツは、ふところから扇子《せんす》を取《と》りだした。

「左側《ひだりがわ》の影《かげ》は、**手本《てほん》**じゃよ。それと**『同《おな》じもの』**をオレに見《み》せてみろ！」

扇子《せんす》をひらき、風《かぜ》をあおるように、障子《しょうじ》をしめす。

……手本《てほん》ってことはヒント？

でも、その影《かげ》はロマンには見《み》えない。

と、いうことは、この謎《なぞ》はわたし

がひとりで解《と》かなきゃいけないやつだ。

「待《ま》ってて、ロマン。わたしがきっと助《たす》けるから」

わたしは、エンピツをつかみ、障子《しょうじ》に歩《あゆ》みよった。

マツがうつした手本《てほん》の影《かげ》をよく見《み》て、実際《じっさい》にどんな魚《さかな》なのか想像《そうぞう》して描《か》く。

半開《はんびら》きの口《くち》に、背《せ》びれに尾《お》びれ、目《め》やうろこ。

「描《か》けたっ！」

描《か》きおわると、魚《さかな》はスッ、と影絵《かげえ》になった。

となりの障子《しょうじ》と見《み》くらべる。

どちらも大《おお》きな魚《さかな》が、つるされている影絵《かげえ》。

うん、そっくり！

――なのに、なにも変化《へんか》はおこらない。

「ざんねんだけど、ハズレじゃな」

「ハズレ!?」

失敗《しっぱい》したわたしを、おもしろがるように、マツ和尚《おしょう》が見《み》てる。

「でも、よく描《か》けておった。魚《さかな》の特徴《とくちょう》をきちんと、とらえており、基礎《きそ》をしっかりおさえていて、わるくない」

カンカンカン

拍子木《ひょうしぎ》の音《おと》とともに、2つの魚《さかな》の影絵《かげえ》は消《き》えて、ロマンの姿《すがた》だけがのこる。

つづいて、となりの障子《しょうじ》に、またべつのシルエットがうかびあがった。

三角形《さんかっけい》の、ピンと立《た》った耳《みみ》、くるっとまるめた背中《せなか》。

「ネコ……！　これなら描《か》ける」

毛《け》なみや、声《こえ》までも想像《そうぞう》して、わたしはネコの絵《え》を描《か》いた。

「今度《こんど》こそ！」

わたしが描《か》いたネコの絵《え》は、ふたたび影絵《かげえ》になる。

左右両方《さゆうりょうほう》の障子《しょうじ》にうつるネコの影絵《かげえ》。同《おな》じに見《み》えるのに、なぜかなにもおきない。

ロマンは、わたしが描《か》くのに邪魔《じゃま》にならないようにと、障子《しょうじ》のすみに立《た》って、なりゆきを見《み》まもっている。

「大丈夫《だいじょうぶ》か……エミ」

影《かげ》になっていて、表情《ひょうじょう》は読《よ》めないけれど、心配《しんぱい》そうな声《こえ》だ。

「ざんねん、ざんねん。今回《こんかい》もハズレじゃのう」

豪快《ごうかい》に笑《わら》うマツ和尚《おしょう》。

扇子《せんす》をふると、ふたたび2つの影絵《かげえ》は消《き》えた。

カンカンカン、という音《おと》とともに、またあらたな影絵《かげえ》があらわれる。

「これは、鳥《とり》……」

その影《かげ》は、するどいくちばしの鷹《たか》が、木《き》の枝《えだ》にとまっているように見《み》えた。

でも、いままで2回《かい》もわたしは失敗《しっぱい》してる。

描《か》いてみても……また、ちがうかもしれない。

わたしがためらってると、マツ和尚《おしょう》が話《はな》しかけてきた。

「いやしかし、ていねいでしっかりとバランスのとれた絵《え》じゃったのう。ずいぶんデッサンの鍛《たん》錬《れん》を重《かさ》ねてきたんじゃな？」

「したくて、してたわけじゃないです。……小《ちい》さいころにデッサンをさせられていて、それでたまたま」

ほうほう。と納得《なっとく》してうなずくマツ和尚《おしょう》。

「いやいや、見《み》あげたもんだ。よう、描《か》けとるよ」

そう言《い》われるのは、いやじゃないけど、……いまは警戒心《けいかいしん》が強《つよ》まるだけだった。

「ちょっと、松兄《マツあに》ぃ。なにほめてんのさ」

「わかってるわい。ちと、だまって見《み》てろ」

ガミガミ噛《か》みつくウメお嬢《じょう》を、マツ和尚《おしょう》はなだめた。

「……小娘《こむすめ》、オレがさっき言《い》ったことを覚《おぼ》えとるか？」

「へっ？」

「いま、お前《まえ》さんが描《か》いたこの魚《さかな》の絵《え》はハズレだ。だから謎《なぞ》は解《と》けない。不正解《ふせいかい》、つまりニセモノの絵《え》」

「わたしが描《か》いたのは、ニセモノ……」

「でも、その絵《え》を、オレはいいと思《おも》う。正解《せいかい》の絵《え》じゃないが評価《ひょうか》する。だから、ほめる。それはまちがってるか？」

「まちがって……ないです……？」

「えらい、えらい。よく、わかっとる」

子《こ》どもをあやすみたいなあまい声音《こわね》で、マツ和尚《おしょう》はわたしに語《かた》りかける。

「えっと」

「オレらがしてるのは、長袖《ながそで》のシャツを切《き》って半袖《はんそで》にするようなもんじゃ。いわばリメイク。服《ふく》のかたちが変《か》わるだけ、切《き》った袖《そで》のほうを欲《ほ》しがる人《ひと》に売《う》っている。それはおかしいことか？」

「……おかしく……あれ？」

さっきはおかしいって思《おも》ったのに。

そう言《い》われたら、よくわからなくなってきた。

「絵画《かいが》の中《なか》のものをぬすんだところで、その絵《え》がまがい物《もの》になるんじゃない。べつの美術品《びじゅつひん》に生《う》まれ変《か》わるんじゃよ」

……そう、なのかな。

おかしくないのかな？

「…………そ」

「――――まったく、見《み》てられないよ」

頭上《ずじょう》から、聞《き》き覚《おぼ》えのある声《こえ》がひびく。

「そんな、詐欺師《さぎし》のへりくつにまるめこまれないでよね。赤城《あかぎ》さん」

「その声《こえ》は、蓮見先輩《はすみせんぱい》っ!?」

おどろいて見《み》あげると、マツ和尚《おしょう》がおりてきた天井《てんじょう》の板《いた》がひらいている。

そこから蓮見先輩《はすみせんぱい》が顔《かお》をのぞかせた。

「は、蓮見先輩《はすみせんぱい》っ⁉　なんでそこにいるんですか！」

先輩《せんぱい》は、わたしにかまわずマツ和尚《おしょう》をにらむ。

「ボクは、美術《びじゅつ》が好《す》きなんだ。すばらしい作品《さくひん》を作《つく》る画家《がか》を心《こころ》から尊敬《そんけい》している」

「ほう」

「それぞれの作品《さくひん》に画家《がか》のこめた思《おも》いがある。心打《こころう》たれた江戸《えど》の風景《ふうけい》、ユニークな判《はん》じ絵《え》……。そこにこめられた思《おも》いを無視《むし》して、自分《じぶん》に都合《つごう》よく使《つか》うことがボクはゆるせない」

先輩《せんぱい》の声《こえ》がふるえている。いままでとは段《だん》ちがいに怒《おこ》っていた。

「ちがう楽《たの》しみかただって？　ふざけるなっ！　判《はん》じ絵《え》は、江戸《えど》の町《まち》で人々《ひとびと》に楽《たの》しまれたものだ、みなを笑顔《えがお》にさせた作品《さくひん》だ。それを、ボクの友達《ともだち》を傷《きず》つけるために利用《りよう》するな！」

先輩《せんぱい》は、障子《しょうじ》のほうを見《み》る。

「この絵《え》は……！」

なにかに気《き》づいて、先輩《せんぱい》が息《いき》をのむ。

「赤城《あかぎ》さん、**『はんてん』**と**『すだれ』**を描《か》くんだ」

「『はんてん』と『すだれ』？　どうしたんだ蓮見《はすみ》」

ロマンの影絵《かげえ》は、ふしぎそうに首《くび》をかしげる。

「ロマンのほうからは、となりの影絵《かげえ》が見《み》えていないのか？　なるほど……」

蓮見先輩《はすみせんぱい》は、ロマンにむかって話《はな》しかけた。

「ロマン、この絵《え》は、**歌川広重《うたがわひろしげ》**の**『即興《そっきょう》かげぼしづくし　鷹《たか》にとまり木《ぎ》』**だよ」

「なんですか？　それ」

「そうかっ！」

ピンとこない、わたしとは反対《はんたい》に、ロマンは瞬時《しゅんじ》に理解《りかい》している。

「ど、どういうこと？」

「エミ、蓮見《はすみ》のことを信《しん》じて、描《か》いてくれ。たのむ！」

顔《かお》は見《み》えないけれど、ロマンの声《こえ》で真剣《しんけん》な気持《きも》ちがよくわかった。

「うん！」

わたしは『はんてん』と『すだれ』を描《か》いた。

いままでの絵《え》と同《おな》じように、わたしが描《か》いたそばから、それは影絵《かげえ》になった。

ロマンの影《かげ》が、わたしの描《か》いた影絵《かげえ》をつかむ。

はんてんを頭《あたま》からかぶり、すだれを持《も》ち、片足《かたあし》をあげる。

「ロマンが！　と、鳥《とり》になった!?」

となりの障子《しょうじ》とうりふたつ。

ロマンのシルエットは、木《き》にとまっている鷹《たか》そのものだった。

同《おな》じ影絵《かげえ》が2つならぶ。

すると、一瞬《いっしゅん》、間《ま》をあけてドンッ、と大《おお》きな音《おと》がした。

いきおいよく飛《と》ばされるように、ロマンが障子《しょうじ》から出《で》てきた。

「やった！　ロマンが障子《しょうじ》から、出《で》てこられた！」

床《ゆか》の表面《ひょうめん》に、ロマンがころがる。

顔《かお》も、服《ふく》もはっきりとわかる、いつものロマンの絵《え》だ。

「赤城《あかぎ》さん、このからくりのもとになっているのは、『即興《そっきょう》かげぼしづくし』という江戸時代《えどじだい》の影絵《かげえ》なんだ」

「『影絵《かげえ》』の絵《え》、ですか？」

「道具《どうぐ》を使《つか》って、障子《しょうじ》に動物《どうぶつ》などの影《かげ》をうつす、楽《たの》しい影《かげ》あそびを描《か》いたものだ。これは、マツ和尚《おしょう》がマネして描《か》いたニセ

ロマンの美術解説《びじゅつかいせつ》　もっと

遊《あそ》び絵《え》

『即興《そっきょう》かげぼしづくし』は、**障子《しょうじ》**に浮《う》かんだ**影絵《かげえ》のシルエット**と、その**種明《たねあ》かし**が描《か》かれた作品《さくひん》だ。なんと、これも**『名所江戸百景《めいしょえどひゃっけい》』**と同《おな》じ**歌川広重《うたがわひろしげ》**の作品《さくひん》なんだ！

江戸時代《えどじだい》にたくさん描《か》かれた**浮世絵《うきよえ》**の中《なか》には、こういう**『遊《あそ》び絵《え》』**も多《おお》くて、今回《こんかい》の話《はなし》に登場《とうじょう》した**『判《はん》じ絵《え》』**や**『影絵《かげえ》』**のほかにも、上下《じょうげ》を**逆《さか》さま**にすると顔《かお》が変《か》わる**『上下絵《じょうげえ》』**や、折《お》りたたむと絵《え》が変《か》わる**『畳変《たたみか》わり絵《え》』**なんていう作品《さくひん》もあるんだ。

150年以上《ねんいじょう》経《た》ったいまでも、**どれも遊《あそ》び心《ごころ》たっぷり**でおもしろいな！

写真提供：ユニフォトプレス

モノだけどね……」

先輩《せんぱい》はいまいましげに、マツ和尚《おしょう》を見《み》おろす。

天井《てんじょう》の暗《くら》がりをバックに怒《いか》りに燃《も》える先輩《せんぱい》は迫力満点《はくりょくまんてん》だ。

「言《い》っただろう。ボクは画家《がか》を侮辱《ぶじょく》するのが、すごく嫌《きら》いなんだ。おまえを、ぜったいにゆるさない！」

そうさけぶと蓮見先輩《はすみせんぱい》は、天井《てんじょう》から飛《と》びおりて、マツ和尚《おしょう》につかみかかった。

「美術警察《びじゅつけいさつ》がつかまえる！」

ヒラリとよける、マツ和尚《おしょう》。

わたしも、まけじと手《て》をのばす。

ウメお嬢《じょう》とタケお坊《ぼう》も、両側《りょうがわ》からすばやく移動《いどう》してきた。

「しょせん、仲間《なかま》が1人《ひとり》増《ふ》えたところで2対《たい》3！」

「それにまだ、こっちにはぬすんだ『アレ』があるんだよ！　手荒《てあら》なまねをしたら、ぬすんだ『アレ』がどうなるかねぇ」

そうウメお嬢《じょう》に言《い》われて、わたしは動《うご》きが止《と》まった。

女《おんな》の子《こ》を人質《ひとじち》にされたら、わたしたちは身動《みうご》きがとれない。

「キミたちが、ぬすんだ『**うちわ**』なら、とっくに取《と》りかえした！」

蓮見先輩《はすみせんぱい》が強気《つよき》で答《こた》える。

「なんだって⁉」

おどろきで、マツ和尚《おしょう》の顔色《かおいろ》が変《か》わる。

わたしまでおどろきだ。

「ぬすんだ『うちわ』って……え？　先輩《せんぱい》、なんのことですか⁉」

先輩《せんぱい》の発言《はつげん》に、あせりの表情《ひょうじょう》を見《み》せる三人吉三《さんにんきちさ》。

わたしひとりだけ、この状況《じょうきょう》がわかっていない。

「くっ、あまく見《み》ておったわ。梅《ウメ》、竹坊《タケぼう》、ここは退散《たいさん》じゃ」

大《おお》きな声《こえ》でマツ和尚《おしょう》が号令《ごうれい》をかける。

「あいよっ！」

ウメお嬢《じょう》がなにか、まるい物体《ぶったい》を投《な》げた。

すると、ボンッという音《おと》と同時《どうじ》に、部屋《へや》の中《なか》に煙《けむり》がひろがった。

「うわっ、前《まえ》が見《み》えないっ！」

「これは、屋敷《やしき》に入《はい》ったときと同《おな》じもの……ゴホッ」

視界《しかい》が煙《けむり》におおわれると、しだいにめまいがした。

クラクラと、頭《あたま》がゆさぶられる。

「待《ま》てっ！　待《ま》てっ、三人吉三《さんにんきちさ》！」

ロマンの声《こえ》が聞《き》こえる。

ボヤボヤ、ぐらぐら……わたしは意識《いしき》をうしなった。

★18 小《ちい》さな騎士《ナイト》様《さま》

気《き》がつくと、わたしは地《じ》べたに寝《ね》ころんでいた。

あわてて体《からだ》を起《お》こし、あたりを見《み》まわす。

そこは、亀戸天神《かめいどてんじん》の境内《けいだい》だった。

「先輩《せんぱい》っ！　大丈夫《だいじょうぶ》ですか!?」

わたしの、すぐとなりに蓮見先輩《はすみせんぱい》がたおれている。

「うん。ちょっと、めまいがしただけだから」

よたよたしながら、先輩《せんぱい》も体《からだ》を起《お》こす。

「……ロマンとポールくんは」

もう一度《いちど》あたりを見《み》まわすと、すこしはなれたところにクロッキー帳《ちょう》が落《お》ちていた。

「ここだよ〜、エミ！」

「オレたちは無事《ぶじ》だ！」

ひらいたクロッキー帳《ちょう》の中《なか》から、ロマンとポールくんが両手《りょうて》をあげているのが見《み》える。

なんだか、からくり屋敷《やしき》に入《はい》る前《まえ》に、そのまま時間《じかん》がもどったみたい。

「いままでのできごと……もしかして、夢《ゆめ》？」

まさか、ずっと、ここで寝《ね》てたの⁉

わたしは自分《じぶん》のほっぺをつねる。

い……痛《いた》くない。

「赤城《あかぎ》さん、そういうの自分《じぶん》でやると、加減《かげん》しちゃうらしいから、ボクがやってあげる」

「いひゃいいひゃいひゃは、せんひゃい、はなひへ～！」

先輩《せんぱい》が手《て》をはなす。

「いままでのこと、夢《ゆめ》じゃないんですね」

「……夢《ゆめ》じゃないよ。現《げん》にボクは、去《さ》りぎわの煙《けむり》で、今《いま》ちょっと息苦《いきぐる》しいんだ……ゴホッゴホッ」

「じゃあ、わざわざ、わたしでたしかめる必要《ひつよう》なかったじゃないですか！」

あれ？　でも夢《ゆめ》じゃないとすると。

「……わたしたち、三人吉三《さんにんきちさ》に逃《に》げられちゃったんだ！」

そうだ、誘拐《ゆうかい》された女《おんな》の子《こ》も助《たす》けだしてない。

「どうしよう、女《おんな》の子《こ》もつれもどせなかったし……」

わたしが落《お》ちこむと、先輩《せんぱい》がふところからなにかを取《と》りだした。

「ぬすまれたものなら、ちゃんと取《と》りかえしたよ」

それは、額縁《がくぶち》だった。

額縁《がくぶち》の中《なか》には、鶴《つる》の柄《がら》をしたうちわの絵《え》が入《はい》っている。

「なんですか？　これ」

そういえば、さっきも『うちわ』がどうのこうの言《い》ってたっけ。

「ボクたちが捜《さが》してた、**『三人吉三《さんにんきちさ》』にぬすまれたもの**、だよ？」

「えっ!?」

このうちわが？　三人吉三《さんにんきちさ》のぬすんだもの？

「『三人吉三《さんにんきちさ》』がぬすんだのは、この『うちわ』だけ。**女《おんな》の子《こ》は誘拐《ゆうかい》してないんだ**」

「えええっ!?」

そういえば、ウメお嬢《じょう》もタケお坊《ぼう》も、シャルパンティエさんの娘《むすめ》のことを知《し》らなかった。

だから、てっきり、リーダーのマツ和尚《おしょう》が誘拐《ゆうかい》したのかと思《おも》ったのに。

「でも、三人吉三《さんにんきちさ》が誘拐《ゆうかい》したんじゃないなら、女《おんな》の子《こ》はどこに行《い》っちゃったんですか？」

「ここにいるよ？」

言《い》いながら、先輩《せんぱい》がクロッキー帳《ちょう》に目《め》をやる。

クロッキー帳《ちょう》の中《なか》で、ポールくんがばつがわるそうに目《め》をそらした。

先輩《せんぱい》が、にこりといじわるな笑顔《えがお》を向《む》ける。

「正確《せいかく》には娘じゃなくて、息子だったんだ。……ポール・シャルパンティエくん。ジョルジュ・シャルパンティエ夫人《ふじん》の2人《ふたり》の子《こ》どもの、弟《おとうと》のほうだよね」

「えええええええええええええ！！！」

「声《こえ》が大《おお》きいよ、エミ〜」

しかめっつらで、耳《みみ》をふさぐ、ポールくん。

「だって、姉妹《しまい》だったんじゃないの？　お、おとうと？」

ロマンは眉間《みけん》をおさえて、ため息《いき》をついた。

「……くわしいことは、美術館《びじゅつかん》で聞《き》いたほうがわかりやすそうだな」

わたしたちは、もといた美術館《びじゅつかん》に帰《かえ》ってきた。

『モネ・ルノワール展《てん》』の会場《かいじょう》で、1枚《まい》の絵画《かいが》を先輩《せんぱい》に見《み》せられる。

金髪《きんぱつ》の外国人《がいこくじん》の女性《じょせい》が、まっ赤《か》な着物《きもの》を着《き》ている絵《え》だ。

『ラ・ジャポネーズ』クロード・モネ

背景《はいけい》には、いくつものうちわが、かざられている。

「今回《こんかい》の事件《じけん》で本当《ほんとう》にぬすまれたのは、この『ラ・ジャポネーズ』に描《か》かれていた『うちわ』のひとつだったんだ」

蓮見先輩《はすみせんぱい》が、ロマンに目《め》をやる。

「……ちょうど左《ひだり》のあたりに、鶴《つる》の柄《がら》のうちわがあったはずなんだが、それがないな」

「そのとおり。それが、さっきボクたちが取《と》り

かえしたコレね」

蓮見先輩《はすみせんぱい》は、さきほど手《て》に持《も》っていた額縁《がくぶち》を、『ラ・ジャポネーズ』に重《かさ》ねた。

額縁《がくぶち》から絵画《かいが》の中《なか》へと、鶴《つる》のうちわが移動《いどう》した。

「これでよし、と」

「それじゃあ、ポールくんが本当《ほんとう》に見《み》たのは、誘拐現場《ゆうかいげんば》じゃなくて、『うちわ』がぬすまれるところだったってこと？」

「そのとおり。……ポール、着替《きが》えは終《お》わった？」

先輩《せんぱい》がふりかえり、声《こえ》をかける。

壁《かべ》にかけられた**『シャルパンティエ夫人《ふじん》とその子《こ》どもたち』**。

犬《いぬ》に座《すわ》る女《おんな》の子《こ》、ソファに座《すわ》る夫人《ふじん》、その、さらに奥《おく》に描《か》かれたカーテンがひらりと動《うご》いた。

「うん。着替《きが》え終《お》わったよ」

絵《え》の中《なか》のカーテンから姿《すがた》をあらわしたのは、1人《ひとり》の子《こ》どもの絵《え》。

ふわふわの長《なが》い金髪《きんぱつ》、お姉《ねえ》さんとおそろいの白《しろ》と水色《みずいろ》のドレス。

「ポ、ポールくんなんだよね？」

どう見《み》ても、女《おんな》の子《こ》なんだけど!?

「そうだよ、エミ！」

元気《げんき》な声《こえ》と、ニカッと歯《は》を見《み》せて笑《わら》う様子《ようす》は、やっぱりポールくんだった。

「誘拐《ゆうかい》された女《おんな》の子《こ》っていうのは……」

「そんな子《こ》いないよ。ここに描《か》かれてたのはぼくだもん。この時代《じだい》ではね、男《おとこ》の子《こ》は体《からだ》が弱《よわ》いから、って強《つよ》くなるように女《おんな》の子《こ》のかっこうで育《そだ》てられてたんだ。動《うご》きづらくてやんなっちゃうよね」

パタパタとスカートをひるがえす、ポールくん。

「本当《ほんとう》は、最初《さいしょ》にぬすまれたのに気《き》づいたのは、ぼくじゃないんだ」

「え？」

「タマが三人吉三《さんにんきちさ》に気《き》づいて、ぼくにおしえてくれたの」

「ちょっと待《ま》て、タマっていうのはだれだ？」

ロマンの疑問《ぎもん》に、ポールくんは元気《げんき》よくこたえる。

「ぼくの家《いえ》のイヌだよ！」

「わう！」

ソファの横《よこ》に描《か》かれていた、黒《くろ》い犬《いぬ》が、大《おお》きく返事《へんじ》をした。

「その子《こ》、犬《いぬ》なのにタマっていう名前《なまえ》なの？」

「そう。日本風《にほんふう》でかっこいいでしょ？」

いや、ぜんぜん、かっこよくないけど！

「タマが侵入者《しんにゅうしゃ》に気《き》づいておしえてくれたんだよ！　それでぼくは、あの絵《え》の中《なか》にのこされてたヒントをとってきたの！」

つまり『シャルパンティエ夫人《ふじん》とその子《こ》どもたち』の中《なか》にヒントがあったって話《はなし》も、ウソだったってことね。

「それなら、最初《さいしょ》から、うちわがぬすまれたって言《い》えばよかったじゃない」

人《ひと》さわがせすぎるよ！

「だって……正直《しょうじき》に言《い》ってたら、助《たす》けてくれた？」

「え？」

「女《おんな》の子《こ》が誘拐《ゆうかい》された、って聞《き》いたら、みんなすごくあわててた。でも、うちわ1つなくなっただけでも、同《おな》じように真剣《しんけん》に捜査《そうさ》に取《と》り組《く》んでくれたの？」

「美術警察《びじゅつけいさつ》のことをうたがっていたから、そんなことをしたのか？」

ポールくんは、かなしげな顔《かお》で首《くび》をふる。

「そうじゃない、けど……ぼくのいた時代《じだい》は、モネ先生《せんせい》や、ルノワール先生《せんせい》の絵《え》を、ヘタクソって言《い》う人《ひと》がたくさんいたから……」

そういえば、ルノワールの絵画《かいが》って、フワッとしていて、描《か》き途中《とちゅう》にも見《み》える作品《さくひん》だった。

「あの、はっきりしてない描《か》きかたが彼《かれ》らの魅力《みりょく》。でも、当時《とうじ》の人《ひと》たちは、それを雑《ざつ》とみなしたんだね」

「最終的《さいしゅうてき》に、みんなも認《みと》めてくれたけれど、それまでに、すごく時間《じかん》がかかったんだ」

ポールくんは、ポツリポツリと話《はな》しはじめた。

「先生《せんせい》たちの絵《え》に、ひどいことを言《い》う人《ひと》がたくさんいたんだ。だから、いまの時代《じだい》にも、そういう人《ひと》がいるかもって……ぼく、不安《ふあん》だった」

顔《かお》をあげて、ポールくんはわたしを見《み》た。いまにも泣《な》きだしそうだ。

「だからっ……ぼくが自分《じぶん》で、ひっく……捜査《そうさ》についていって、こっそり、うちわを取《と》りかえしてこようと……ひっく」

きっと、こわかったはずだ。

なにが待《ま》ちうけているかわからないのに、だれにも相談《そうだん》せず行動《こうどう》にうつして。

「でも、ポールくんまであぶない目《め》にあうところだったんだよ？　わたしたちは、美術《びじゅつ》を守《まも》るために戦《たたか》ってるの。……これからは、なにかあったら正直《しょうじき》に話《はな》してね」

たった1人《ひとり》で、絵《え》を守《まも》ろうとしたポールくんは、やっぱり小《ちい》さな騎士《ナイト》だった。

「うん！」

ポールくんは、はにかみながらうなずき、絵画《かいが》の中《なか》のソファに腰《こし》をかけた。

それから、チラリとこちらを見《み》ると、ポールくんの口《くち》が小《ちい》さく動《うご》く。

音《おと》は聞《き》こえないけど、「ありがとう」と伝《つた》えているのがわかった。

「ポールくんっ……」

次《つぎ》の瞬間《しゅんかん》、ポールくんも、カーテンも、犬《いぬ》も、絵《え》の中《なか》の動《うご》きがピタリと止《と》まった。

やさしい色《いろ》をした日本風《にほんふう》の部屋《へや》、きれいに着《き》かざった母《はは》と姉弟《きょうだい》、くつろいでいる愛犬《あいけん》。

そこには、あたたかい家庭《かてい》が描《か》かれた『シャルパンティエ夫人《ふじん》とその子《こ》どもたち』があった。

「一件落着《いっけんらくちゃく》……だね」

「ああ！」

壁《かべ》にいたロマンが、バッジへと手《て》をかける。

「さて、それじゃあ、上《うえ》に報告《ほうこく》するか」

「……ロマン、キミは本当《ほんとう》に気《き》づいてなかったの？」

先輩《せんぱい》がロマンにたずねる。

「なにか、あやしいとは思《おも》っていけれど、蓮見《はすみ》がなにも言《い》わなかったからな」

「ボクが？」

「オレが気《き》づくようなことに、蓮見《はすみ》が気《き》づかないわけないだろ。だから、なにか考《かんが》えがあるんだと思《おも》った」

ロマンの返《かえ》しに、満足《まんぞく》したみたいに、蓮見先輩《はすみせんぱい》が笑《わら》った。

「ボクのこと、信《しん》じてくれたわけだ」

「先輩《せんぱい》は、ずっとポールくんのこと気《き》づいてたんですか？」

「**『睡蓮《すいれん》の池《いけ》』**は、モネの作品《さくひん》だからね。あれは日本好《にほんず》きのモネが日本風《にほんふう》の橋《はし》をかけた自分《じぶん》の庭《にわ》を描《か》いたものだ」

そうか！**『ぬすんだ物《もの》、描《えが》きし者《もの》』**はモネのことだったんだ。

「ぜ……ぜんぜん知《し》らなかった、わたし」

「そもそも、ルノワールのほうは、日本《にほん》が苦手《にがて》だったってウワサがあるからね」

「えっ⁉」

「ルノワールが、だれかの家《いえ》に絵《え》を描《か》きにいったら、部屋《へや》の中《なか》が日本《にほん》のものであふれていたそうだよ。あれも日本《にほん》、これも日本《にほん》。しまいには犬《いぬ》のことまで『タマ』って呼《よ》ぶから、うんざりしちやったって話《はなし》さ」

「それって……」

わたしたちは、おだやかな『シャルパンティエ夫人《ふじん》とその子《こ》どもたち』を見《み》て、プッと吹《ふ》きだした。

19 2つの太陽《たいよう》

「――ああ、わかった。それじゃあ、たのむ」

ロマンがバッジの通信《つうしん》を切《き》った。

「親父《おやじ》、すこし時間《じかん》がかかるみたいだ。もうちょっと、ここで待《ま》ってろって」

「じゃあ、絵《え》でも見《み》てようか」

先輩《せんぱい》は、そう言《い》って展覧会《てんらんかい》の目録《もくろく》をひらいた。

「えっ、いいんですか？」

「せっかくタダで見《み》られるんだよ？　見《み》なきゃ損《そん》だよ」

目録《もくろく》にはたくさんのタイトルがならんでいる。

たしかに。せっかくなんだから見《み》てみようかな！

そうして、わたしたち3人《にん》は会場《かいじょう》の中《なか》を歩《ある》きはじめた。

まずは、入《い》り口《ぐち》にある『ラ・グルヌイエール』。

2枚《まい》の同《おな》じ場所《ばしょ》を描《か》いた作品《さくひん》。

最初《さいしょ》に、長官《ちょうかん》ときたときに見《み》た絵《え》だ。

「これは、モネとルノワールが、キャンバスをならべて描《か》いたものだね」

いっしょにならんで絵《え》を描《か》くなんて、よっぽど2人《ふたり》は仲《なか》がよかったんだ。

「ポールくんはモネのことも知《し》ってたのかな？」

「大好《だいす》きな先生《せんせい》の、大切《たいせつ》な友達《ともだち》だからね」

「だからこそ、ポールもモネの絵《え》を守《まも》ろうとしたのかもな」

「……大好《だいす》きな人《ひと》の、大切《たいせつ》な友達《ともだち》」

なんとなく、わたしはチラリと先輩《せんぱい》を見《み》てしまった。

先輩《せんぱい》と捜査《そうさ》することになったときは、正直《しょうじき》、先行《さきゆ》き不安《ふあん》だった。

でも、事件《じけん》をとおして、ロマンは蓮見《はすみ》先輩《せんぱい》のことを信《しん》じると言《い》った。

だからわたしも、先輩《せんぱい》のことを信《しん》じることができたのかも。

いまでは、先輩《せんぱい》のこと、ちょっとたよりにしてるもんね。

……それにしても、仲《なか》よくいっしょに絵《え》を描《か》くなんて、うらやましい。

わたしも、キララとあおいと川原《かわら》で絵《え》を描《か》きたかったなぁ。

「あ、赤城《あかぎ》さん。これ、モネの代表作《だいひょうさく》だから、これくらいは覚《おぼ》えておきなよ」

ある一角《いっかく》で、蓮見先輩《はすみせんぱい》は立《た》ち止《ど》まった。

『睡蓮《すいれん》』クロード・モネ

池《いけ》の上《うえ》にたくさんの睡蓮《すいれん》の花《はな》が描《か》かれている絵《え》だ。

しかも1枚《まい》じゃない、壁《かべ》には似《に》たような絵《え》が何枚《なんまい》もある。

「同《おな》じ場所《ばしょ》が描《か》かれた絵《え》が複数《ふくすう》……？　これもルノワールがいっしょに描《か》いた絵《え》かな」

「いいや。ここにあるのはぜんぶモネが描《か》いたものだよ」

「へ？　なんで、同《おな》じ絵《え》ばっかり描《か》いたんです

か？」

「よく見《み》なよ。ちゃんとぜんぶちがうでしょ」

「……あっ、本当《ほんとう》だ」

はつらつとした明《あか》るい色《いろ》、すこしくすんだ色《いろ》。

きちんと見《み》くらべると、池《いけ》も、花《はな》も、葉《は》も、作品《さくひん》ごとにちがう色《いろ》をしている。

「描《か》いた時間《じかん》によって、あたる光《ひかり》の色《いろ》が変《か》わって、まったくべつの作品《さくひん》になるんだよ」

「朝《あさ》か、夜《よる》か、どんな季節《きせつ》か……同《おな》じ場所《ばしょ》でも、こんなに変《か》わるんだな」

ロマンも感心《かんしん》して、うなずいている。

「……ロマン、キミは変《か》わったね」

「え」

「絵《え》を見《み》る目《め》が楽《たの》しそうだ。ボクはキミ自身《じしん》が光《ひかり》みたいだと思《おも》ってたけれど。キミはキミで、だれかの光《ひかり》にあてられて色《いろ》が変《か》わったのかな」

「蓮見先輩《はすみせんぱい》……」

もしかして、それってわたしのこと、すこしは認《みと》めてくれるってこと？

「たーだーしー！　ボクはいつだって現場《げんば》に出《で》られるように、すこしずつ体力《たいりょく》をつけてるんだから。すぐにだってロマンのパートナーにもどれるってことわすれないでね、赤城《あかぎ》さん」

「なぁっ!?　い、いやです――――！」

あっ、光《ひかり》によって色《いろ》が変《か》わる？

そうだ、これなら！


日曜日《にちようび》。

わたしはキララとあおいを、電話《でんわ》で川原《かわら》に呼《よ》びだした。

「ちょっと、エミちー！　あおちーもくるなんて聞《き》いてないんだけど」

「エミ、どういうことなの？　画材《がざい》をもって川原《かわら》にきて、だなんて」

2人《ふたり》はいごこちが悪《わる》そうだ。

「今日《きょう》、2人《ふたり》を呼《よ》びだしたのはね、ここで3人《にん》で絵《え》を描《か》くためだよ！」

わたしの言《い》ったことがわからないようで、2人《ふたり》とも、一瞬《いっしゅん》かたまってしまう。

「ええっ!?　だって先生《せんせい》は、1人《ひとり》1枚《まい》、描《か》いてきなさいって言《い》ってたわよ」

「そうそう。それで同《おな》じ題材《だいざい》になったらダメだから、同《おな》じ場所《ばしょ》で同《おな》じものを描《か》くなんて」

「同《おな》じにはならないよ！」

わたしは空《そら》を指《ゆび》さした。

「今《いま》は青《あお》！　空《そら》も川《かわ》も青《あお》いでしょ？　夕方《ゆうがた》になったら、ここの川《かわ》って夕日《ゆうひ》でまっ赤《か》にそまるの！

それから夜《よる》になったら蛍《ほたる》がでるからね、黄色《きいろ》い光《ひかり》がキレイだよ？」

2人《ふたり》とも、ふたたびポカンとして、こちらを見《み》ている。

反応《はんのう》がない。あっ、夜《よる》までいることを心配《しんぱい》してるのかな？

「あのっ、暗《くら》いところでも描《か》けるように懐中電灯《かいちゅうでんとう》も持《も》ってきたよ！　それに順番待《じゅんばんま》ちの時間《じかん》がヒマにならないように……じゃじゃーん、マンガ！　あっ、お菓子《かし》もあるし、お昼《ひる》のサンドイッチもあるよ！」

2人《ふたり》は下《した》をむいて肩《かた》をふるわせてる。

げっ……もしかして、怒《おこ》らせちゃった!?

仲《なか》なおり大作戦失敗《だいさくせんしっぱい》かもー!?

「はっははは」

「ふっふふふ」

キララとあおいは、2人同時《ふたりどうじ》に笑《わら》いだした。

「エミちーってば。そのサンドイッチ、チョーかたちわるいじゃん」

「ええっ……これでも一生懸命《いっしょうけんめい》作《つく》ってきたんだけど」

「まったく、エミにはかなわないわね」

あおいが、わたしの持《も》ってきた折《お》りたたみイスにすわる。

「私《わたし》、1番手《ばんて》でもいい？」

あおいの質問《しつもん》に、わたしとキララはうなずいた。

「あたし、いまはマンガを読《よ》みたい気分《きぶん》だし。蛍《ほたる》の絵《え》描《か》きたいから夜《よる》がいいな」

「じゃあ、キララが3番《ばん》で、2番手《ばんて》はわたしだね」

「あら、キララをあとまわしにしたら、めんどうくさがるんじゃない？」

あおいがすこしだけ、いじわるそうに聞《き》いた。

「むーっ！　めんどうだけど、ちゃんとやるよ！　だって、2人《ふたり》ともあたしが描《か》き終《お》わるまで、待《ま》っててくれるだろ？」

自信《じしん》ありげなキララの笑《え》みに、わたしもあおいも笑顔《えがお》でこたえた。


そして、翌日《よくじつ》。

わたしたちは、裏《うら》に名前《なまえ》とタイトルを書《か》き、宿題《しゅくだい》の絵《え》を先生《せんせい》に提出《ていしゅつ》した。

裏返《うらがえ》しにしたまま、先生《せんせい》は3枚《まい》の絵《え》を受《う》けとる。

「あら、最近部活《さいきんぶかつ》に顔《かお》をださないから、どうしたのかと思《おも》ってたけれど、ちゃんと描《か》いてきたのネ。なになに？　タイトル『川辺《かわべ》にて』……って、アンタたち同《おな》じ題材《だいざい》で描《か》いたらダメって言《い》ったでしょ！」

3枚《まい》の同《おな》じタイトルを見《み》て、西野先生《にしのせんせい》が怒《おこ》る。

それから絵《え》をひっくりかえして、先生《せんせい》は目《め》をぱちくりした。

「……なーるほど、こういうわけね」

先生《せんせい》の手《て》もとにある3枚《まい》の絵《え》。

1枚目《まいめ》は青空《あおぞら》と太陽《たいよう》の光《ひかり》がまぶしい、あおいの絵《え》。

2枚目《まいめ》はまっ赤《か》な夕日《ゆうひ》が光《ひか》りかがやく、わたしの絵《え》。

3枚目《まいめ》は黄色《きいろ》い蛍《ほたる》の光《ひかり》がちらちらと灯《とも》る、キララの絵《え》。

「3枚《まい》とも、ぜんぜんちがう絵《え》ですよ？　いいですよね」

わたしは、ドキドキしながら先生《せんせい》を見《み》あげる。

「もうっ、しかたがないワ。不覚《ふかく》にも、ステキって思《おも》ったから、今回《こんかい》はオーケーってことにしてあげましょう♡」

「「「やったー！」」」

3人《にん》で両手《りょうて》をあげると、校内放送《こうないほうそう》のチャイムがなった。

『西野先生《にしのせんせい》、西野先生《にしのせんせい》。至急《しきゅう》、職員室《しょくいんしつ》までおこしください』

「おい、ヨージ呼《よ》ばれてるぞ！」

「ヨージじゃないわよ！　ヨーコ！　いやだワ。また美術部《びじゅつぶ》のことで、つつかれるのかしら」

先生《せんせい》がパタパタと教室《きょうしつ》を出《で》ていく。

「そうだ！　昨日《きのう》、読《よ》んだマンガのつづき買《か》いにいこうぜ」

「いいわね。私《わたし》もほしい本《ほん》があったの」

「なあ、エミちーもいっしょにいこうぜ。いったん家《いえ》に帰《かえ》ってからでいいからさ」

「うん！　でも、2人《ふたり》は先《さき》に帰《かえ》ってて。あとで本屋《ほんや》で合流《ごうりゅう》するから」

「そう？　じゃあ、またあとで！」

キララとあおいも、美術室《びじゅつしつ》を出《で》ていった。

わたしたち以外《いがい》、だれもいなくなった美術室《びじゅつしつ》。

「せーんぱいっ！」

声《こえ》をかけると、小窓《こまど》のカーテンがひらりと舞《ま》った。

「気《き》づいてたの？」

カーテンのうしろから、蓮見先輩《はすみせんぱい》が姿《すがた》をあらわす。

「へへっ」

わたしは、ブイサインをしてみせた。

「最近《さいきん》、毎日《まいにち》美術室《びじゅつしつ》にきてたみたいだったので、油断《ゆだん》して今日《きょう》もきてるんじゃないかと思《おも》いました。あと、いつもきっちり棚《たな》にならべられてる美術全集《びじゅつぜんしゅう》が1冊《さつ》なくなっていたので、だれかが読《よ》んでる最中《さいちゅう》なのかもしれない、と。きわめつけは、わたしが扉《とびら》を開《あ》けた瞬間《しゅんかん》、不自然《ふしぜん》にカーテンが舞《ま》っていたことです！　だれか、あわてて姿《すがた》をかくしたみたいでした」

わたしがひと息《いき》に言《い》いきると、先輩《せんぱい》は笑《わら》ってみせた。

「へぇ、赤城《あかぎ》さんの推理力《すいりりょく》も意外《いがい》とあなどれないんだね」

「きたえられましたからね！」

わたしはフンッと胸《むね》をはる。

めくられたカーテンから、小窓《こまど》の外《そと》が見《み》える。

こないだほど、日差《ひざ》しは強《つよ》くない。

裏庭《うらにわ》の池《いけ》に、花《はな》が咲《さ》いているのが見《み》えた。

「先輩《せんぱい》が言《い》ってた、裏庭《うらにわ》の池《いけ》に咲《さ》いてる花《はな》……睡蓮《すいれん》だったんですね」

裏庭《うらにわ》の池《いけ》は、美術館《びじゅつかん》で見《み》た、モネの池《いけ》みたいだった。

「……ハズレ。あれは蓮《はす》だよ」

「え？」

先輩《せんぱい》がわたしと肩《かた》をならべて小窓《こまど》をのぞく。

「ハス？　それって、ちがうんですか？」

わたしには同《おな》じに見《み》えるけれど。

「そっち側《がわ》じゃ見《み》づらいよ。ほら、ちゃんとこっちから見《み》て」

先輩《せんぱい》がわたしの肩《かた》をグイと引《ひ》きよせた。

「あの葉《は》っぱ、水面《すいめん》にうかんでないでしょ？」

「あっ、ほんとうだ」

蓮《はす》の葉《は》は、プカプカうかぶんじゃなくて、水面《すいめん》から茎《くき》をのばして大《おお》きく両手《りょうて》をひろげてるみたい。

「蓮《はす》と睡蓮《すいれん》はまちがいやすいけれどね。水《みず》の上《うえ》にうかんでるのが睡蓮《すいれん》。太《ふと》い茎《くき》をのばして、水《みず》の上《うえ》に顔《かお》を出《だ》しているのが蓮《はす》」

「へーっ、知《し》りませんでした。ちがうなんて、おもしろいですね」

「蓮《はす》は強《つよ》いんだよ。パッと見《み》では、水《みず》の上《うえ》をただよう、はかない睡蓮《すいれん》に見《み》えるけれど、太陽《たいよう》にすこしでも近《ちか》づこうとせいいっぱい背《せ》のびしてるんだ」

そう言《い》って語《かた》る先輩《せんぱい》の顔《かお》は、キラキラかがやく蓮《はす》の花《はな》みたいだった。

「覚《おぼ》えました、ハス。……一生懸命《いっしょうけんめい》な花《はな》なんですね」

「一生懸命《いっしょうけんめい》にもなるよ。2つもまぶしい太陽《たいよう》があったら、おいていかれないように背《せ》のびもするさ」

「2つの太陽《たいよう》？　なんの話《はなし》ですか？」

「こっちの話《はなし》」

にこりと笑《わら》う先輩《せんぱい》は、いままでのいじわるな笑顔《えがお》とは、まったくちがっていた。

そんな笑顔《えがお》を至近距離《しきんきょり》で見《み》て、わたしは、つい1歩《ぽ》さがった。

「ちょっと、なに照《て》れてるの？」

「あ、いえ。べつに照《て》れてないですよ」

ぎくり。

ちょっと先輩《せんぱい》の笑顔《えがお》がすてきに見《み》えたなんて言《い》いたくない！

「まあ、そうだよね。キミが好《す》きなのは、ロマンだもんねー」

むっ！　笑顔《えがお》はそのままなのに、急《きゅう》にいじわるに見《み》えてきた。

「ところで、キミたちの関係《かんけい》どうなの。ロマン、完全《かんぜん》にキミのこと友達《ともだち》だと思《おも》ってるみたいだったよ」

「あ、あれは、いろいろあって……。わたしのほうからロマンに友達《ともだち》だって言《い》っちゃったから……」

「はぁ!?　そんなこと言《い》ったの？　もう金輪際《こんりんざい》、ロマンは一生《いっしょう》キミのこと友達《ともだち》としてしか見《み》ないよ？　あいつは熱血一直線《ねっけついっちょくせん》で進《すす》んだ道《みち》は引《ひ》きかえさない、うたがわない男《おとこ》だよ。もうこの先《さき》、完《かん》全《ぜん》に恋愛対象《れんあいたいしょう》として見《み》てもらえないよ」

ガーン
ロマンのことをよく知《し》ってる大親友《だいしんゆう》の先輩《せんぱい》が、そこまで言《い》うなんて。

「も、もとはと言《い》えば、こうなったのは先輩《せんぱい》のせいなんですよ!?」

「ボクは関係《かんけい》ないでしょ。あーあ、でもすこしは楽《たの》しみができたかな。キミがあの鈍感《どんかん》にやきもきしてるのを、つつくのはすこしはおもしろいかも」

げげっ！

「うまくいくといいね、赤城《あかぎ》さん♪」

ニッコリと満面《まんめん》の笑《え》みをむける先輩《せんぱい》。

「や、やっぱり蓮見《はすみ》先輩《せんぱい》って、いじわるだ〜〜〜!!」

こんにちは！ モネの池《いけ》に行《い》ってみたいまひるです
らくがき☆ポリスの2巻《かん》、楽《たの》しんでいただけたでしょうか？
こないだ『江戸《えど》の遊《あそ》び絵《え》づくし』という展覧会《てんらんかい》に行《い》ってきました。
会場《かいじょう》には『即興《そっきょう》かげぼしづくし』も展示《てんじ》されていて、なんと
影絵《かげえ》の体験《たいけん》コーナーまでありました！ビックリ!!
わたしもロマンのように影絵《かげえ》のポーズをとってきましたよ☆

✿✿今回《こんかい》のお話《はなし》で出《で》てきた絵《え》がのってる本《ほん》の紹介《しょうかい》✿✿

✿ルノワールへの招待《しょうたい》
朝日新聞出版《あさひしんぶんしゅっぱん》

✿イラストで読《よ》む印象派《いんしょうは》の画家《がか》たち
河出書房新社《かわでしょぼうしんしゃ》

✿いろは判《はん》じ絵《え》
江戸《えど》のエスプリ・なぞなぞ絵解き
青幻舎《せいげんしゃ》

✿江戸《えど》の遊《あそ》び絵《え》 新版《しんぱん》
東京書籍《とうきょうしょせき》

ほかにもたくさんあるのでぜひさがしてみてください!!

担当《たんとう》の青山《あおやま》さん、挿絵《さしえ》を描《か》いてくださった立樹《たちき》さん
そして読《よ》んでくださったあなた！本当《ほんとう》にありがとうございます!!

あとがき

『らくがき☆ポリス』の イラストを 描《か》かせていただいている
立樹《たちき》まやです。 らくポリ 第《だい》2巻《かん》ー!!! パチパチ
腕妖怪《うでようかい》と たたかったり、ロマンが 影絵《かげえ》になったり、
びっくりな展開《てんかい》の 連続《れんぞく》で とっても面白《おもしろ》かったー!!!
なにより 新《しん》キャラ 蓮見《はすみ》先輩《せんぱい》!!!
先輩《せんぱい》かっこいい…！ でも ロマンもかっこいい…!!
バロック長官《ちょうかん》といい ヨーコ先生《せんせい》といい、タイプのちがう
イケメンだらけで、はやくも推《お》しメンを決《き》めかねています
読者《どくしゃ》の みなさんの 推《お》しキャラは だれですか？♡
まひる先生《せんせい》！次回《じかい》もたのしみです！

3巻《かん》も
よろしくおねがいします☆

立樹《たちき》まや

まひる／作

埼玉生まれの埼玉育ち。しし座のO型。第4回角川つばさ文庫小説賞一般部門金賞を受賞。受賞作を改題・改稿した『らくがき☆ポリス① 美術の警察官、はじめました。』でデビュー。絵は描くのも見るのも好き。

立樹まや／絵

神奈川県出身の漫画家。てんびん座のO型。第52回なかよし新人まんが賞佳作を経てデビュー。主な作品に『塾セン』『これはきっと恋じゃない』（ともに講談社）など。趣味は美術館へ行くこと。なので、らく☆ポリのイラストを描くのもとっても楽しいです！

角川《かどかわ》つばさ文庫《ぶんこ》　Aま4-2

らくがき☆ポリス②

キミのとなりにいたいから！

作《さく》　まひる
絵《え》　立樹《たちき》まや

2017年2月15日　初版発行

発行者　郡司 聡
発　行　株式会社KADOKAWA
〒102-8177　東京都千代田区富士見 2-13-3
電話　0570-002-301(カスタマーサポート・ナビダイヤル)
受付時間　9:00 ～ 17:00(土日 祝日 年末年始を除く)
http://www.kadokawa.co.jp/
印　刷　暁印刷
製　本　BBC
装　丁　ムシカゴグラフィクス

ISBN978-4-04-631649-3　C8293　N.D.C.913　215p　18cm

読者のみなさまからのお便りをお待ちしています。下のあて先まで送ってね。
いただいたお便りは、編集部から著者へおわたしいたします。
〒102-8078　東京都千代田区富士見 1-8-19　角川つばさ文庫編集部